小田貂々

令和版

我也不想这样

[日]细川貂貂 著

马丽 译

ツレがうつになりまして。

CNS PUBLISHING & MEDIA
湖南文艺出版社 HUNAN LITERATURE AND ART PUBLISHING HOUSE
博集天卷 CS-BOOKY

好 好 读 书

上部

如果我决定不努力了，
你也要对我说『加油』吗？

开篇

如果，你的家人
或最重要的朋友
整个人突然变了，
你要怎么办？

以前朝气蓬勃，
是个开朗乐观的人，

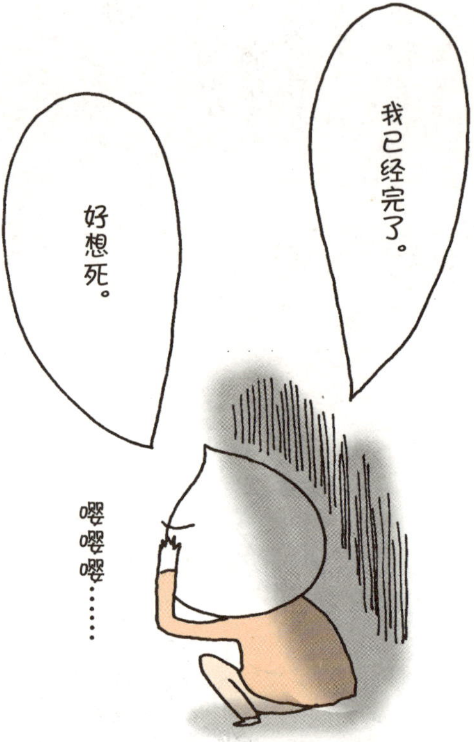

我已经完了。

好想死。

嘤嘤嘤……

现在变得满腹牢骚，
看上去特别没有精神。

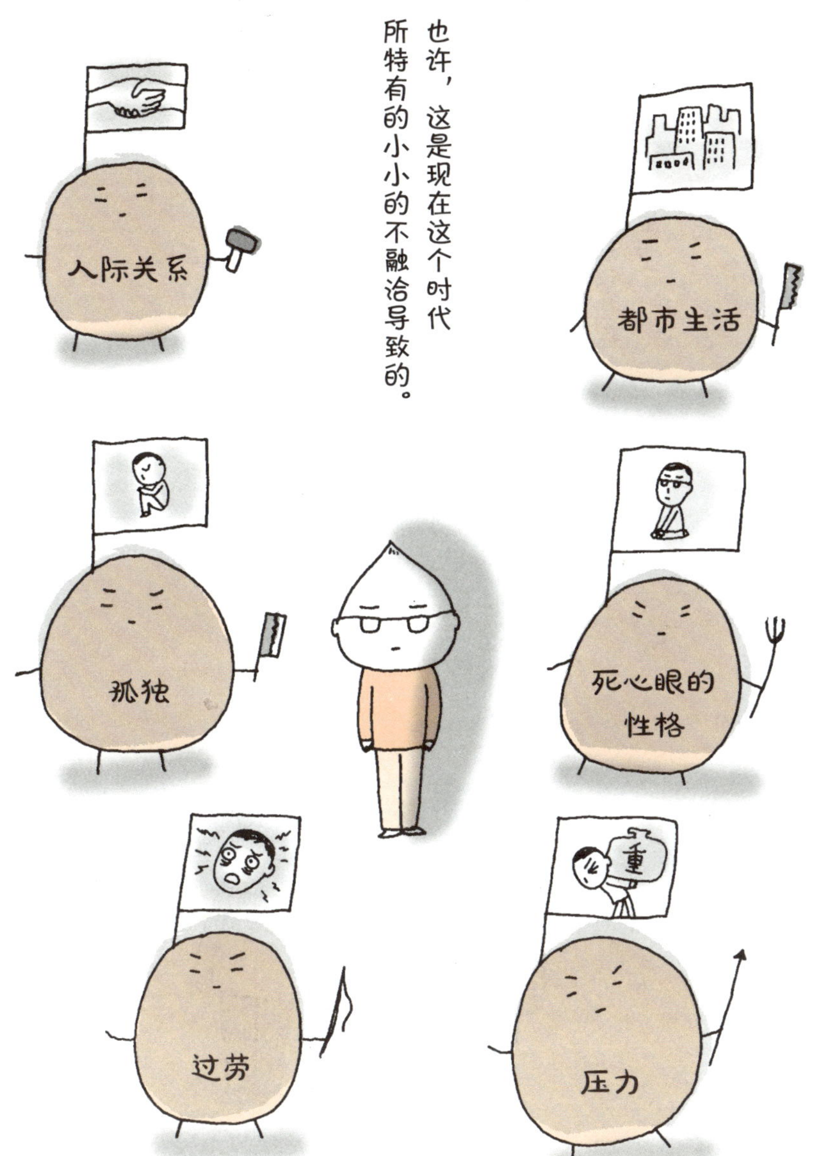
也许，这是现在这个时代
所特有的小小的不融洽导致的。
人际关系
都市生活
孤独
死心眼的
性格
过劳
压力
重

谁都有可能出现这些症状，
大概是因为生病了。

这个天线是用来接收什么的，
普通人是搞不明白的。

一起生活的伴侣（丈夫），
某一天突然得了抑郁症。

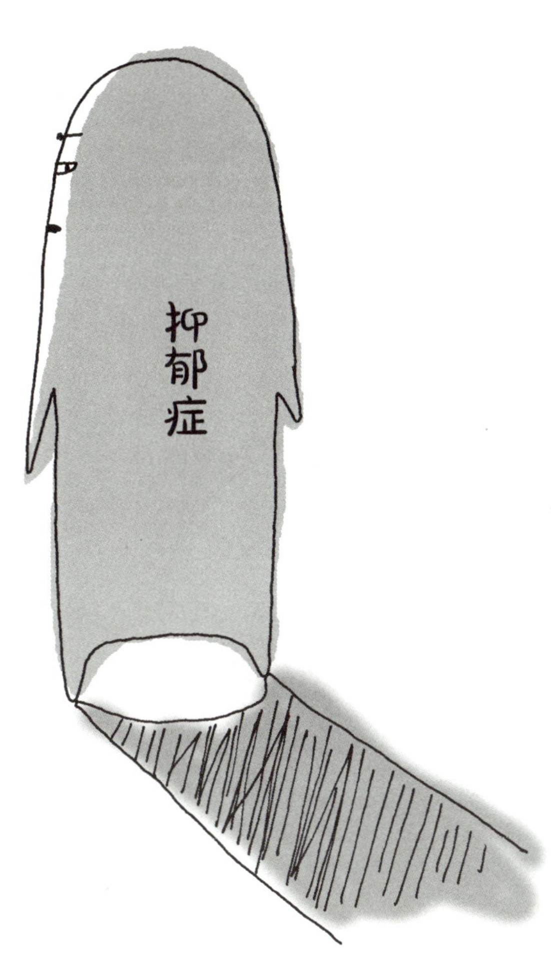

那个精神满满的丈夫
再也回不来了吗?!
以后到底会怎样啊?!

Part 1

某一天，突然得了抑郁症

之❶『我是超级上班族!!』卷
丈夫做的是硬件制造商的支持工作。
喂，这里是支持中心!!
是劝解生气的客户的专家。
后来，公司裁员，30个职员只剩下了5人……丈夫是5人中的一位。
我是被期待的!
加油!!
获胜组!!
夫妇两人一起庆祝。
虽然不多，但工资还是涨了。
真是太好了!
干杯
可是后来，丈夫的工作量激增。
让您久等了，这里是支持中心。
一个人的支持中心
真是对不起!
是支持中心的同时，还是一个人的修理中心。
零部件库存管理
数字怎么也对不上。

还要和在外国的总部交涉。
哈……
哈啰……
不会说英语。
这样的状态
持续了半年……
一回到家就
像丢了魂……
没事吧？
结果，
因为过于疲劳
而厌恶工作，
频频出错，
失眠。
某天早上
好想死……
很郑重地说
欸？！
等等！！现在
立刻就给我去
医院！
医院的诊断结果是抑郁症。

之❷ 抑郁症是什么？

关于抑郁症……
我的印象是……
神经质的
脆弱的人。
像神经病一样？

可是，
丈夫的精神很强大啊！
没问题的，
别担心！
开朗
今天结束了，
明天就可以休息了！
期待假期——
总是歌唱
↑自己的心情。
一个人的
音乐剧。

要说的话，
我的想法才更负面。
反正我
就是这样的。
丑女
丑女
立刻消沉
因为我是阴暗的性格，
所以多数时候都是
丈夫给我鼓励。
貂貂，
这种时候
这样思考更好哟！
附上理论鼓励

丈夫的精神很强大啊！
为什么？
任何人都有可能得抑郁症。
是这样的吗……？
抑郁症的书
抑郁症到底是什么？
压力使得大脑内的神经传导物质的工作机能恶化，导致了抑郁症。
原来是这样啊……
可是，这种病要怎样看护才好呢？
我今后到底要怎么做呢？

打电话和妈妈商量。
喂喂。
啊，那无论如何都不行呀！
绝对不能鼓励他，所以不要说『加油』之类的话。
不就是这种感觉吗？
什么嘛，不说『加油』之类的话就好了吗？
哈 哈 哈 哈
不是挺简单的嘛。
那就像往常一样，不用管了。
啊——
太好了，太好了。
意外地发现了乐观的自己。

文　夫　的　喃　喃　自　语　1

为什么不能说“加油”呢？

“不要对抑郁症患者说‘加油’”这种说法，我们在社会上经常会听到，但是，也要区分时间和场合。代替寒暄问候是没什么问题，不过根据前后文的意思，如果说“这个、那个和那个是你现在应该做的，好了，加油！”，试图唤起我的努力意识的话，我的眼前就该一片漆黑了。为什么呢？因为维持现状对我来说就已经是竭尽全力了。也就是说，维持现状，再加上连续失败的眼前的心境，会使我更加丧失斗志。

即使避开了“加油”这种禁忌语，也还是会有许多人说些跟“加油”类似的令人有逼迫感的话，这让我感到很难受。这个时候，我就想说：“就让我更悠闲自在一些吧，我的事情无所谓啦，您就别管啦！”（当然，并没有说出口。）

之③ 丈夫在得抑郁症之前的变化
丈夫似乎从一个月之前开始，就一直失眠。
嗯……
嗯……
睡在旁边的我，却完全没有察觉。
呼呼……
呼呼……
只是有的时候……
呼噜噜
咕噜噜
听到丈夫很重的呼噜声。
吵死了！
啪唧！
啊啊！
睡得正香的我经常被吵醒。
现在想来，丈夫好可怜。
今天开始，我在这个房间睡吧。
最后决定分房睡了。
结婚∝年，还从没分房睡过。

变得没有食欲。
欸？你这就吃饱了吗？
嗯，我好像感觉不出好吃啊。
哼，反正我做的饭……
不是啦，我不是说貂貂你做的饭不好吃啦！
好像是胃不好又一直便秘的缘故。
确实，丈夫连他最喜欢的点心也一点没吃。
要是以前的话，丈夫可是能够在吃完馒头之后还能吃蛋糕的。
如果是感冒的话，不会总是治不好。还附带原因不明的背痛。
疼疼疼……
因为你没有想治好的心，所以才治不好。
冷漠
现在一想，觉得大家是不是都有抑郁症的前兆啊。
对于丈夫的变化，我完全没有察觉。为自己的迟钝感到吃惊！

之④ 丈夫的苦痛
在被诊断为抑郁症之后，丈夫依旧要去公司继续上班。
某天早上
貂貂，我不行了……
突然
吓一跳
什么？怎么回事？
我怎么都做不出便当来了！
可我明明是想做便当的啊！
欸？！
『午饭什么的还是想吃自己爱吃的食物。』说这话的丈夫，把每天早上做便当当成日常必做的事。
那，我来做吧？
算了，没时间了，我去便利店买饭团吧。
一大早就没能过上正常生活的丈夫被打垮了。
我走了。
不好意思，垃圾就拜托你了。
垃圾堆放处

我一定是比这些垃圾还没有价值的人。
嚓
我就在这里和垃圾蹲在一起吧……
和我比起来，是不是垃圾去公司会更好呢？
我是垃圾，我要开始工作了！
我刚刚开始吃药，需要两周才能见效。
抽抽搭搭
抽抽搭搭
经常哭着去上班。
药的副作用好像是呕吐。
好想吐哇！
但几天之后才知道，是我搞错药量吃多了。
连指定的药量都搞不清楚，为什么会这样？我到底是怎么回事呀?!
我是因为这个原因才呕吐的。
我已经无语了……

辞职之⑤
你今天去公司，第一件要做的事，就是提出『辞职』。
你要是说不出口的话，我就打电话替你说！
我知道了。
被诊断为抑郁症一周之后，丈夫连基本的判断都无法做出了。
首先要解决的，就是治好病。
公司能治好你的病吗?!
好的
我想，这个时期是最艰辛的。
你碰到我了！
摇摇晃晃
咚！
失眠导致晕乎乎的。
紧紧的
紧紧的
早上乘车率百分之二百的满员电车

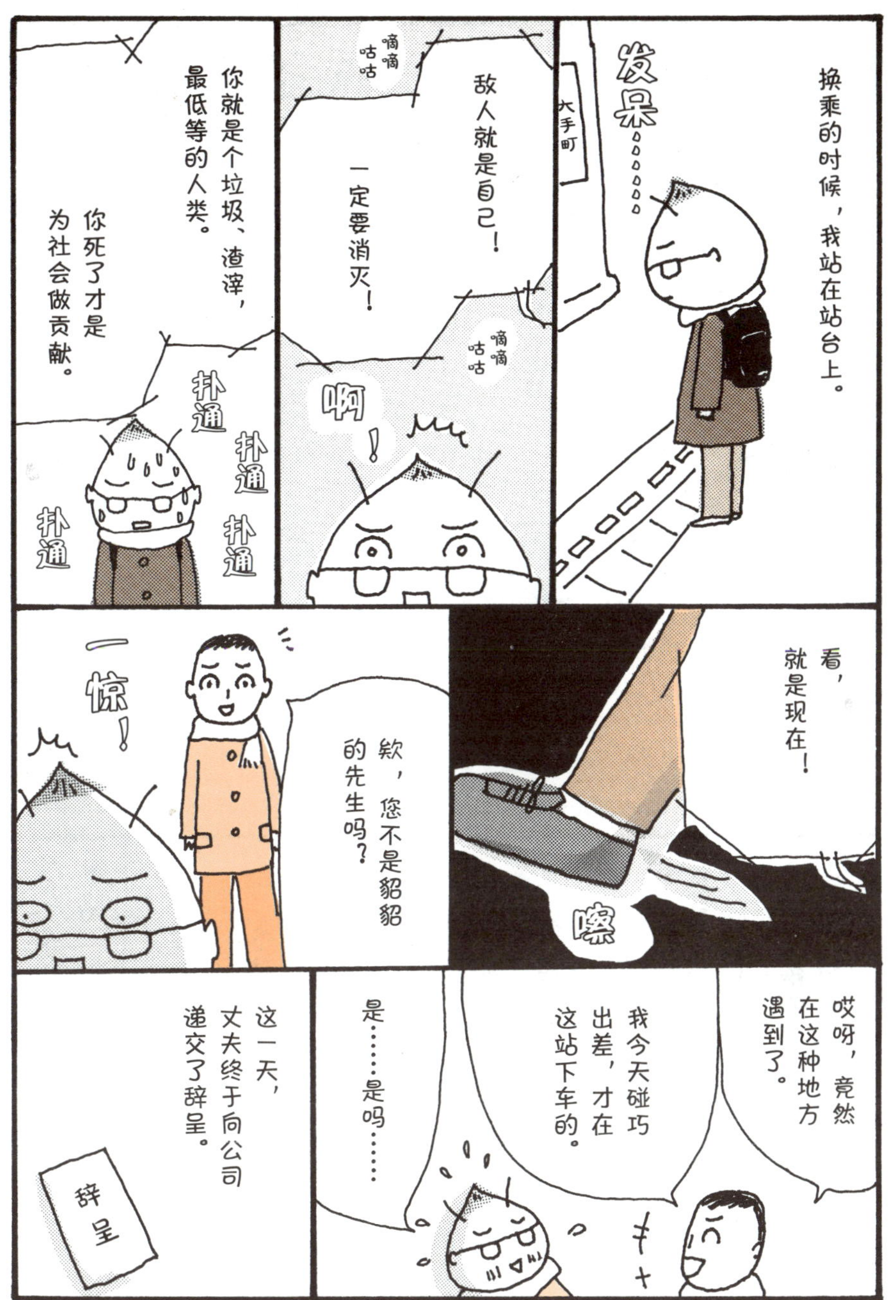
换乘的时候，我站在站台上。
发呆
六手町
敌人就是自己！
一定要消灭！
嘀嘀咕咕
嘀嘀咕咕
啊！
你就是个垃圾、渣滓，最低等的人类。
你死了才是为社会做贡献。
扑通
扑通
扑通
扑通
看，就是现在！
嚓
欸，您不是貂貂的先生吗？
一惊！
哎呀，竟然在这种地方遇到了。
我今天碰巧出差，才在这站下车的。
是……是吗……
这一天，丈夫终于向公司递交了辞呈。
辞呈

文夫在做公司职员期间遵守的

重要事项

领带

周一 蓝色的飞机花纹
周二 绿色
周三 蓝色的细领带
周四 灰色
周五 父亲送的红色爱马仕

Power Tie（力量领带）是朋友送的。

入浴剂

周一 森林香型
周二 薰衣草
周三 柚子
周四 甘菊
周五 桧木
周六 周日 到时候看心情

桧木是最喜欢的味道，所以在休息日的前一天一定要用桧木。

放入便当菜肴里的奶酪

周一 埃曼塔尔干酪
周二 豪达奶酪
周三 红切德干酪或玛里博奶酪
周四 莫泽雷勒干酪
周五 萨姆首奶酪

非常期待这种奶酪！

是在公司附近的丸正食品店买的。

如果没能遵守以上事项，

绝对不行！

花 8 小时完成辞呈

从打工仔混到公司正式职员，我非常喜欢自己的工作。在比较景气的时期，还有很多后辈职员，我感到很快乐。我知道，那个时候是回不去了。要离开熟悉的工作岗位，我还是很难过的。但是，生病了会给大家添麻烦，而且自己也已经没有处理工作的精力了。我没有勇气提出停职的请求，降职做兼职是我自己一直研究考虑的方向。可是这也无法达成，所以就断然提出了辞职。

和上司商谈后，我递交了辞呈。辞呈是用文字处理机打出来的文件，上面签了字。“这不行，你要拿手写的来。”辞呈被退了回来。花了一个晚上，我用钢笔誊写了一遍。为什么呢？因为总是写错字。这次字写对了，却又整体歪斜了。总觉得不满意，结果一晚上没睡，花了 8 小时才写好辞呈。天亮了，时间到了。在晨光中看自己的辞呈，总觉得像笨拙的小学生写的作文里的字。我已经尽力，就只能提交这个了。

之❻
不能立刻离职的糟糕日子
虽然已经提出辞职了，却什么都没有改变。
还有一个月！还有一个月！
↑我想间接地鼓励他。
这段时间，丈夫每天只能睡两小时左右。
早上起不来。
咣 咣
好几次用拳头砸自己的脸。
对着脸
周一、周二、周三，总归是去公司了。
我走了。
晕乎乎
到了周四，就完全起不来床了。
今天请假——

周五的早上
头像是被木屐砸了一样痛。
咣
大汗淋漓
打哆嗦
今天也请假比较好吧？
现在，几点了？
7点半了。
啪嗒
没事了，我去公司。
欸
没事了
就算身体不适，也会掐着上班的点自愈!!
我走了。
也许这就是上班族体质吧!!
可是就算到了公司，也是错漏百出，好像根本无法工作。
发呆
领带夹忘戴了，用安全别针固定住吧。

之⑦ 药效
早啊！
哗啦
哇！
昨晚睡了这许久以来的第一个好觉。
早上也是一下子就起来了哟。
真的？那太好了呀！
嗯！
刚知道药效的早上
恢复到从前的自己，感觉真是太好了。
我走了!!
便当也做好了。
满员的电车今天也不觉得可怕了。
紧紧的
但还是很讨厌的。
比平时要早。
在公司周围散散步吧。

这个时候，丈夫似乎才发现，周围的景色已经进入冬天了。
啊！
不知什么时候天气就这样冷了。
阳光也变得温和了。
是啊，我都已经戴上围巾了，
大衣也穿上了。
终于又恢复了人的感觉。
嗯——
感动万分的丈夫

之❽
来回反复
药效持续了三天左右。
好像又有些头痛!!
第二天完全起不来床了。
饭吃不下，药也吃不下。
怎么办？
怎么办？
起来去一下厕所都要竭尽全力。
摇摇晃晃
晕晕乎乎
怎么回事？好不容易药起作用了呀！
为什么？为什么会这样？
那个啊……

医生是这么告诉我的。
什么！
嗡——
疏忽大意的两个人
不好
好
这种病不会一条直线般好起来，而是像钟摆一样，好一阵坏一阵地来回反复，不能大意。
反正就是个非常麻烦的病。
有过一次心情好转经验的丈夫，
陷入了绝望的情绪中。
在公司还剩下10天的时间。

之⑨
注意饮食
抑郁症似乎是由神经的传导物质5－羟色胺（又名血清素）减少引起的。
如果能分泌充足的5－羟色胺，就不会得这种病了。
合成5－羟色胺的原料是色氨酸（一种氨基酸），能获取这些原料就好了。
从许多食物中都能摄取，其中最快的是鸡蛋的蛋白。
也就是说，每天都要吃鸡蛋。
煎蛋
煮蛋
纳豆
另外，从大豆制品、蜂蜜和香蕉中也能够摄取。
香蕉
蜂蜜
当然每天都会让丈夫吃。
哇，是纳豆！
吧唧吧唧
我讨厌纳豆。
牛奶也加入了丈夫的食谱，睡前要喝热牛奶。
可以睡得香哦。
最困难的是要戒掉大爱的咖啡。
我爱咖啡！
可我是喝了咖啡就睡不着觉的体质，所以没办法，只能戒掉了。

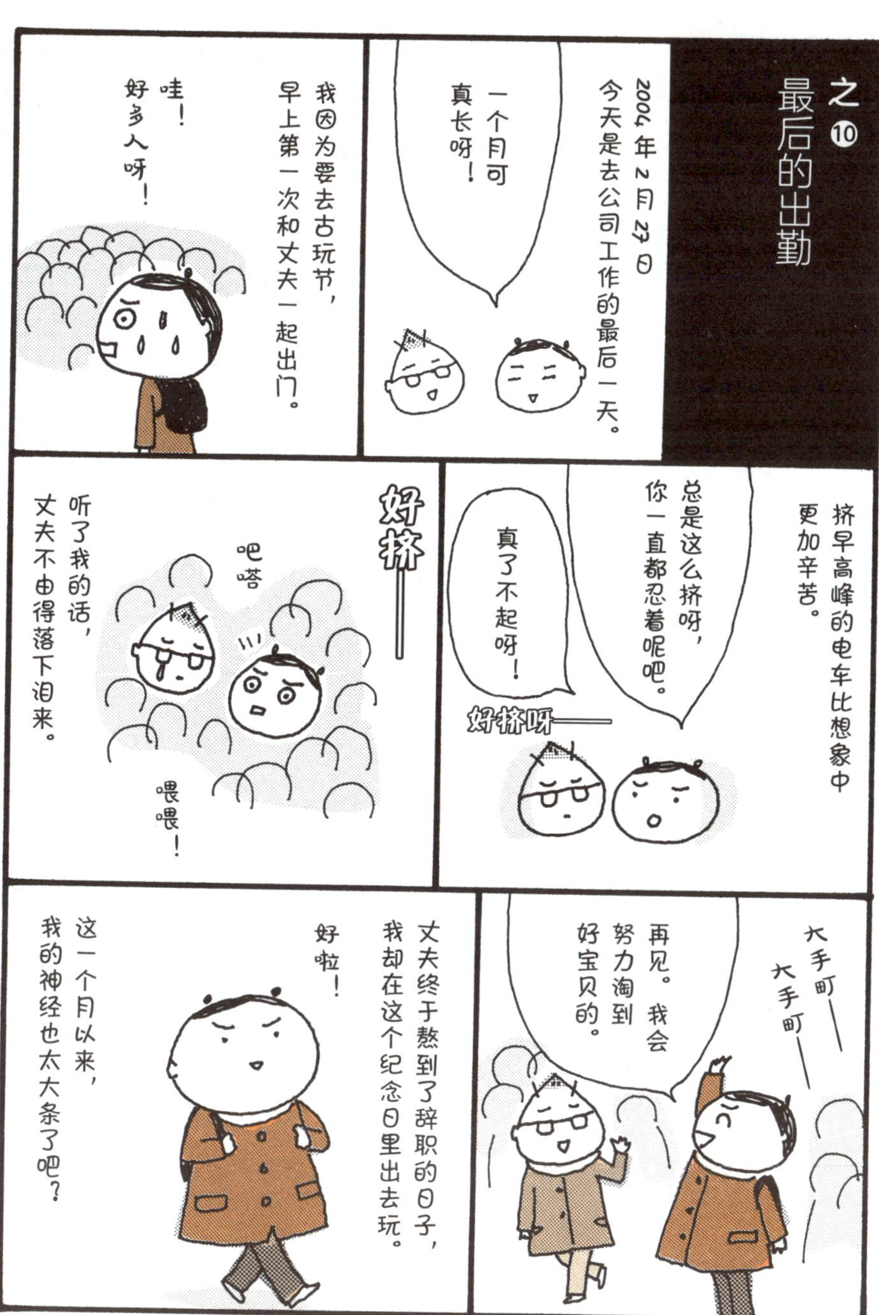
之⑩
最后的出勤
2004年2月27日
今天是去公司工作的最后一天。
一个月可
真长呀！
我因为要去古玩节，
早上第一次和丈夫一起出门。
哇！
好多人呀！
挤早高峰的电车比想象中
更加辛苦。
总是这么挤呀，
你一直都忍着呢吧。
真了不起呀！
好挤呀——
好挤
吧嗒
喂喂！
听了我的话，
丈夫不由得落下泪来。
大手町——
大手町——
再见。我会
努力淘到
好宝贝的。
丈夫终于熬到了辞职的日子，
我却在这个纪念日里出去玩。
好啦！
这一个月以来，
我的神经也太大条了吧？

附
借鉴他人，
纠正自己
我从小就是个消极的性子。
每天只要有空闲就会消沉、抱怨。
唉——
对丈夫也经常乱发脾气。
别管我！
啰啰唆唆
絮絮叨叨
反正我这样的都是没用的人。
唠唠叨叨
可是，丈夫病了。
用这个天线接收郁闷。
现在是倒过来了。
反正……
反正……
我这样的……
叨叨
叨叨
叨叨

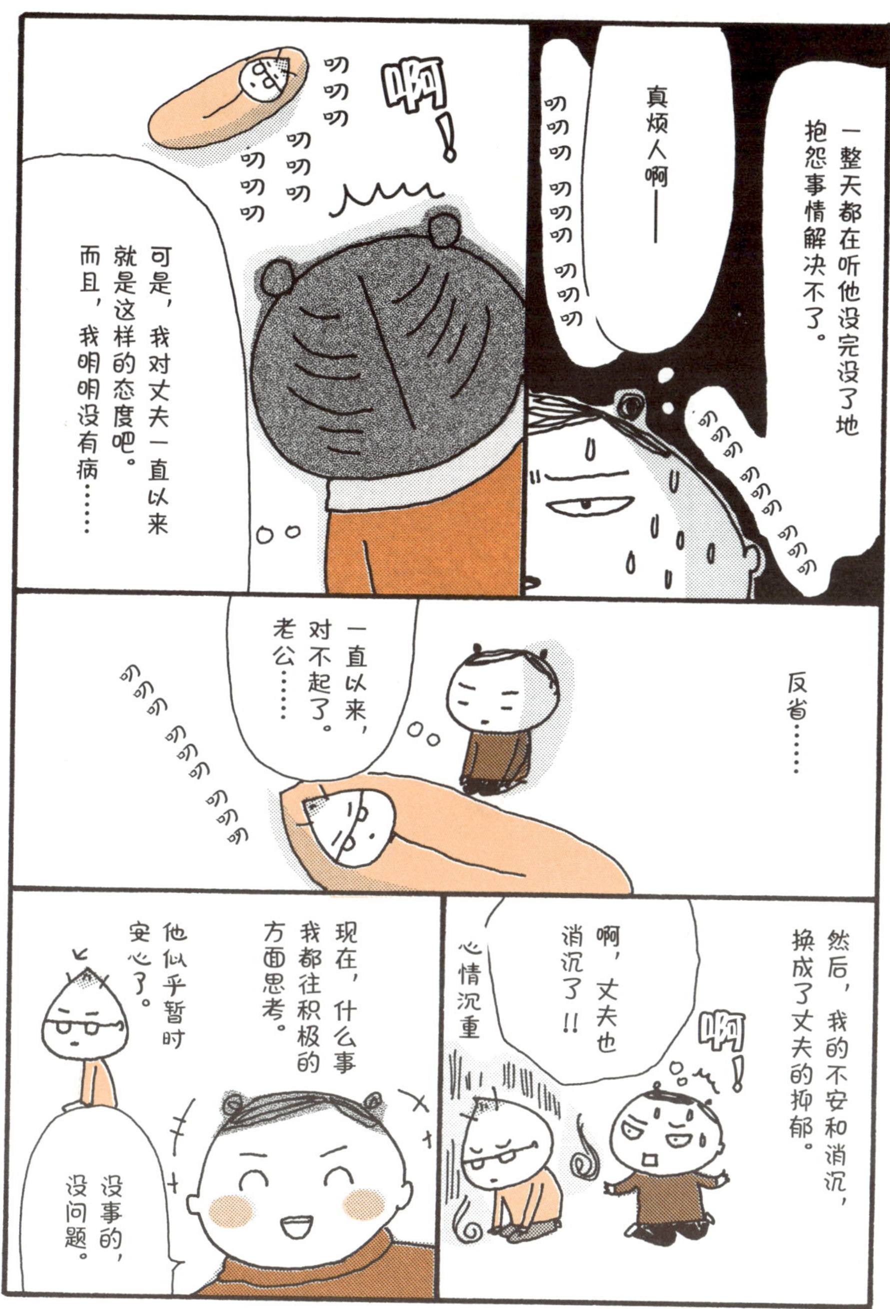
一整天都在听他没完没了地抱怨事情解决不了。
真烦人啊——
叨叨叨 叨叨叨 叨叨叨
叨叨叨 叨叨叨 叨叨叨
啊！
叨叨叨 叨叨叨 叨叨叨
可是，我对丈夫一直以来就是这样的态度吧。
而且，我明明没有病……
反省……
一直以来，对不起了。老公……
叨叨叨 叨叨叨 叨叨叨
然后，我的不安和消沉，换成了丈夫的抑郁。
啊！
啊，丈夫也消沉了!!
心情沉重
现在，什么事我都往积极的方面思考。
他似乎暂时安心了。
没事的，没问题。

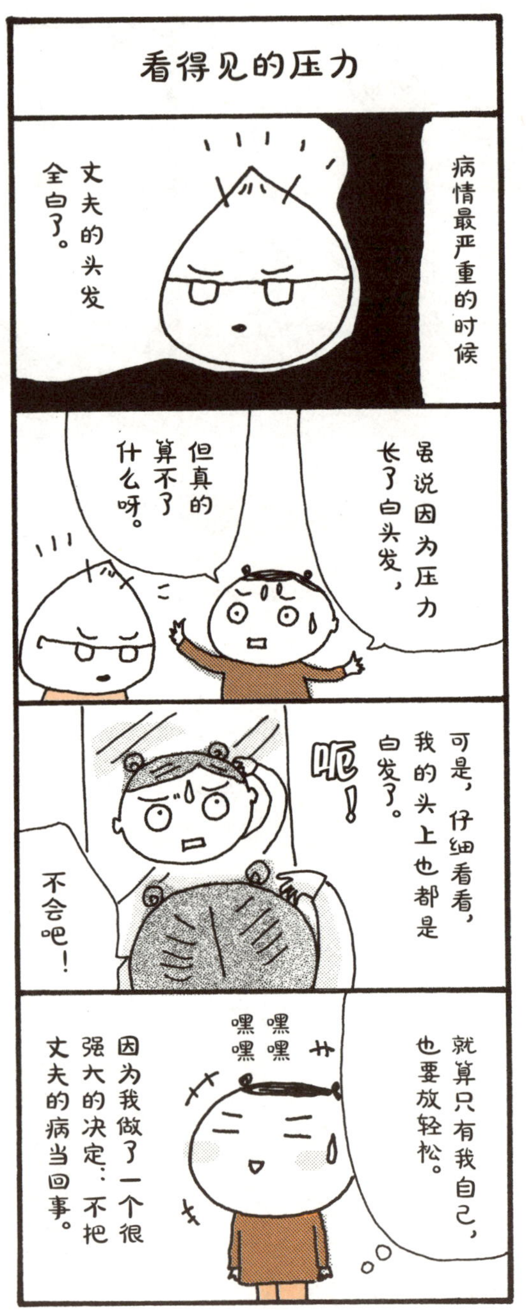
看得见的压力
病情最严重的时候
丈夫的头发全白了。
虽说因为压力长了白头发，
但真的算不了什么呀。
可是，仔细看看，我的头上也都是白发了。
呃！
不会吧！
就算只有我自己，也要放轻松。
嘿嘿嘿嘿
因为我做了一个很强大的决定：不把丈夫的病当回事。

Part 2

最沉重艰辛的时期

之1 教给他拖拖拉拉
我知道丈夫得了抑郁症。
丈夫真的是顽固认真的完美主义呀！
令人吃惊
即便是现在
右边的扬声器和左边的扬声器音量不一样。
欸？
衬衫也是，配这件衬衫的袜子什么的全部都在周日就决定好了。
啊，是吗？
手写书信和文件的时候，必须用尺子比着。
自己制作了文字用尺。
那个时候
哦，是在外国长大的。
法国巴黎
就算有难以理解的行为也不奇怪。
我勉强理解了这些。
可是……

丈夫过于认真，
根本不会吊儿郎当。
竟有这样的
人存在!!
晚上睡不着，
太煎熬了！
嘤嘤嘤
既然辞职了，
那就睡个午
觉怎么样？
大白天的
睡不着啊！
哆哆
嗦嗦
太对不起
世人了呀！
什么?!
老公你去公司
的时候，我可
是每天都睡午
觉的呀。
很厉害吧。
看，就像
这样躺着，
试试懒懒
的感觉。
懒洋洋
这……
这种感觉？
僵硬
难道自己成了教人懒散的老师？
人生真是不可思议。

之② 只让他做快乐的事
明明辞职以后自由的时间堆积如山。
明明告诉自己不管怎样都要好好休息的。
丈夫被忧郁吞噬的画面
这一阵一阵涌上来的忧郁……
忧郁的浪潮
到底是为什么啊?!
哇!!
我果然已经是个废人了，没有活着的价值了。
絮絮叨叨
絮絮叨叨
真是个认真的家伙呀！
呃……
总之先试试跳舞吧。
嘿呀
嘿呀
看，你看呀，滑稽舞哦。

现在想到了什么？
做饭的时候。
嗞嗞——
咕噜
嘿呀
看！
你试着想想开心的事。
嘿呀
欸！丈夫最开心的事是做饭？
嗯，想吃自己喜欢的东西。
然后呢，还想洗衣服和打扫卫生。
欸欸欸！
因为这些貂貂都不太会做呀！
呃——
是啊，我知道啊，那些事我之前就……

从第二天开始，
丈夫成了家务担当。
我本来就不太会
做家务，不用做
更好，开心。
然后，就又……
嘤嘤嘤——
忧郁
我这种人真是
没用——
开始了。
家务事我是完全
做不好的，老公你都
做得好好啊，太厉害
了呀！
啊！
听到夸奖，
暂时不哭了。

家务是终极的操作疗法，但是……

因为我家那口子不喜欢做家务，所以我在家的时候，她就必然会把家务活都交给我。我自己却很喜欢做家务。之前还在上班的时候，周末也会待在厨房里叮叮当当地干个不停。这么一来，收拾厨房的作业也就成了搞精神卫生。

但是，做饭方面怎么也恢复不到从前的水准。抑郁症导致的味觉迟钝，让我没有了自信。就连想象着味道添加调味品这样的事也做不到，再加上不能好好地组织操作的顺序，在经历了惨重失败后，我的心情跌入了谷底。而且总觉得手上的动作很奇怪，把调料撒得到处都是。如果厨房是其他人照管的，我一定会被赶出去吧。

之③
即便这样，我也很顽强
关于这个病，
主治医生
这病最少也要花3到6个月的时间，请不要着急。
医生是这么说的。
丈夫好像是
那我治疗3个月，6月份就能恢复了呀。
这样想的。
甚至我还说了这样的话。
吃的东西总是要做的，所以你试试做喜欢的呢？
这话出自老妓抄，我像个老艺人似的试着说了这句台词。
实际上，对于我没工作什么的，
有离职金，生活暂时没问题。
呼噜
呼噜
果然，我还是必须干点什么。
丈夫是很佩服的。
所以，我立刻去了免费职业介绍所申请失业保险。
拜托了！
接待员
但是……
现在这个时代，要找到工作，就必须面试和自己的年龄数字相当的次数才行啊。
啊！
那，我还要面试39次？！

果然，我就是个废物，没用的人。
乌龟被子
嘤嘤嘤……
丈夫就算生病了，也非常相信自己的『强大』。
我是超级抑郁症患者！
之后，他开始读书，详细了解这个病的知识。
最少也要3到6个月。
6个月左右，就算是最轻的病情了吗？
欸……
抑郁症
而且，在6个月左右短期治愈的病例中，也有立刻复发的危险。
呃呃——嗯——
完全恢复到让人看不出来，平均需要花费一年左右的时间。
长的话，有人需要花上7年或10年……
嘤嘤嘤……
嗯
加油！
治疗的日子刚刚开始，老公别急！

①森永公司出产的巧克力糖果。

可是，就算貂貂没这么想，社会上也会这么认为的吧？
关社会什么事，你不用在意的。
没关系
可是……
老公，最觉得这是犯懒病的，好像是你自己吧？
啊？
嘤嘤嘤……
别想那些没用的了。
睡觉吧！
丈夫果然是个认真的人啊。
乌龟被子

之5 伤人的话
我的措辞很恶劣。
咣！
撞到书架，生气了。
灭了你！喂！
措辞稍微不对，丈夫就会受伤，必须注意。
啊？
老公，我不是说你哦。
我也练习过说话技巧。
淑女的谈吐之书
如果让您不高兴了，对不起。
『别开玩笑了』淑女的实际应用
可是，不管我怎么小心注意……
真的还是不行吧？
想出门也出不去。
遇见许久不见的熟人
听说你生病了，看起来挺精神嘛。
不过呀，我家更糟糕。
这种痛苦得要死了的畜生，真想打死他。
啊，求你放过我吧。

丈夫听不得痛苦伤心的话和牢骚不平的话。
报纸里的黑暗事件和事故等也看不得。
太痛苦了——
然后，最麻烦的是……
不要被病魔打败！加油呀！
啊！被炸弹砸到了！
不努力可怎么行？要怎样努力啊？到底要做什么？
别再想了！什么都别想了！
现在的我真没用——
嘤嘤嘤……
回到家就睡觉。
乌龟被子
没办法，试试跳舞吧。
看哪！
看看呀，好开心哟！
嘤嘤嘤……
虽然没什么效果……

之❻无法接受周围的信息
丈夫又哭了。
嘤嘤嘤
怎么啦？
我曾经那么喜欢古典音乐，可是不能听了。
欸!!
你一个古典音乐宅男现在说你不能听曲子了？怎么回事？
我也不知道呀！
最近，书也读不了。
报纸也完全看不了了。
这么说来，没看过的报纸应该堆积如山了……
呃……
总觉得不管是听什么还是看什么，都进不了脑子里，感觉好痛苦呀!!

欸！——
抑郁症不可思议的地方还真多呀！像外星人的感冒似的。
欸？
对了，从今天开始就叫外星人的感冒吧！
可恶！拿别人的事不当事！
这样的丈夫的种种表现，我并不在意。
哇哈哈哈哈
喜欢看电视的我，差不多一整天都长在电视机上。
嗯？
嘤嘤嘤……
怎么啦？这次是怎么啦？
嘤嘤嘤……
电视的声音让我好难过呀！好难过呀！
乌龟被子

嗯了一声，我试着把声音调得小小的。
哼！
丈夫在隔壁的房间睡觉。
受不了电视，特别是多样化的，综艺和唱歌节目那些。
好像是受不了紧张刺激的内容。
停——
教育电视台和NHK就没问题。
说话方式平缓稳定就没事。
好了。
最受不了的就是冷暖人间。
好像自己在被说教一样。
我时不时恶作剧一下，比如把主题曲的声音调大。
啦啦啦啦啦啦啦啦啦
哇，不要啊！
啊，不好意思，弄错了，把声音开大了。

喜欢古典音乐

我曾经很喜欢古典音乐，特别喜欢管弦乐的声音。从后期浪漫派到俄罗斯音乐，从法国印象派到 20 世纪的音乐，我都很喜欢。比起去演奏会，我更喜欢搜购 CD，戴着耳机翻来覆去地听，是狂热爱好者的听法。所以，比起旋律优美、质朴的演奏，我更偏爱旋律独特、节奏感强的演奏。

抑郁症最严重的时期，我连音乐也听不了，恢复之后就又能听了。然后，我开始写评论，向网上的邮购网站投稿。但是因为不好的习惯，投稿就感觉像义务一样。再加上一有来自读了评论的读者的反馈，我的情况就时好时坏地波动。被认为距离恢复为时尚早，于是就果断决定从写评论这件事中退出了。

之⑦ 道歉病

从公司辞职已经一个多月了。

嘤嘤嘤……

丈夫一大早就开始哭。

乌龟被子

今天是怎么啦？做噩梦了吗？

还是，睡不着觉了？

总觉得……非常对不起你呀！

呜呜

呜呜

呜呜

呜呜

啊？

你对不起我什么啊？

嘤嘤嘤

明明从公司辞职已经一个月了，病却还没好，真对不起。

那不也是没办法的嘛。

现在，我只能做些力所能及的家务，对不起。

我挺高兴的，你已经帮大忙了。

我现在一无是处，也不努力，还过着如此轻松的生活，这样好吗？对不起。
没关系啦。因为你现在生病嘛。
貂貂的漫画卖得不好，都是我的错。对不起。
这个，和你完全没有关系吧！
小宠们遇到我这样的主人，对不起。
乌龟
鬣蜥
好啦，你什么都别想了！
可是，真不愧是外星人感冒，太好玩了！
噗！
在『对不起时期』，好像可以唱歌。
嘤嘤嘤……
我可不能笑。
不，不管怎么说，以前都是折磨、煎熬。
啊，好想笑。
扑哧！
现在能够思考各种事情了，不是挺好的吗？
嘤嘤嘤……
随口敷衍的空洞说辞只是徒劳地回响在房间里。

之8 自杀的念头
我想自杀。
丈夫突然说出来的话，吓了我一跳。
……
真是无语了。
据说是得了抑郁症就会冒出自杀的念头来。
外星人感冒……好可怕。
扑通
扑通
扑通
好强大的阴影啊！
好像是突然就想自杀了。
那个时候一笑了之敷衍过去了。
你这人可真是的，讨厌啦！
扑通
扑通
扑通
不过从那以后，在这个时期，我有了一件重要的事。
最近，有很多事情一下子发生了变化，让我感到很累。
遇到一点点小事就会发火。

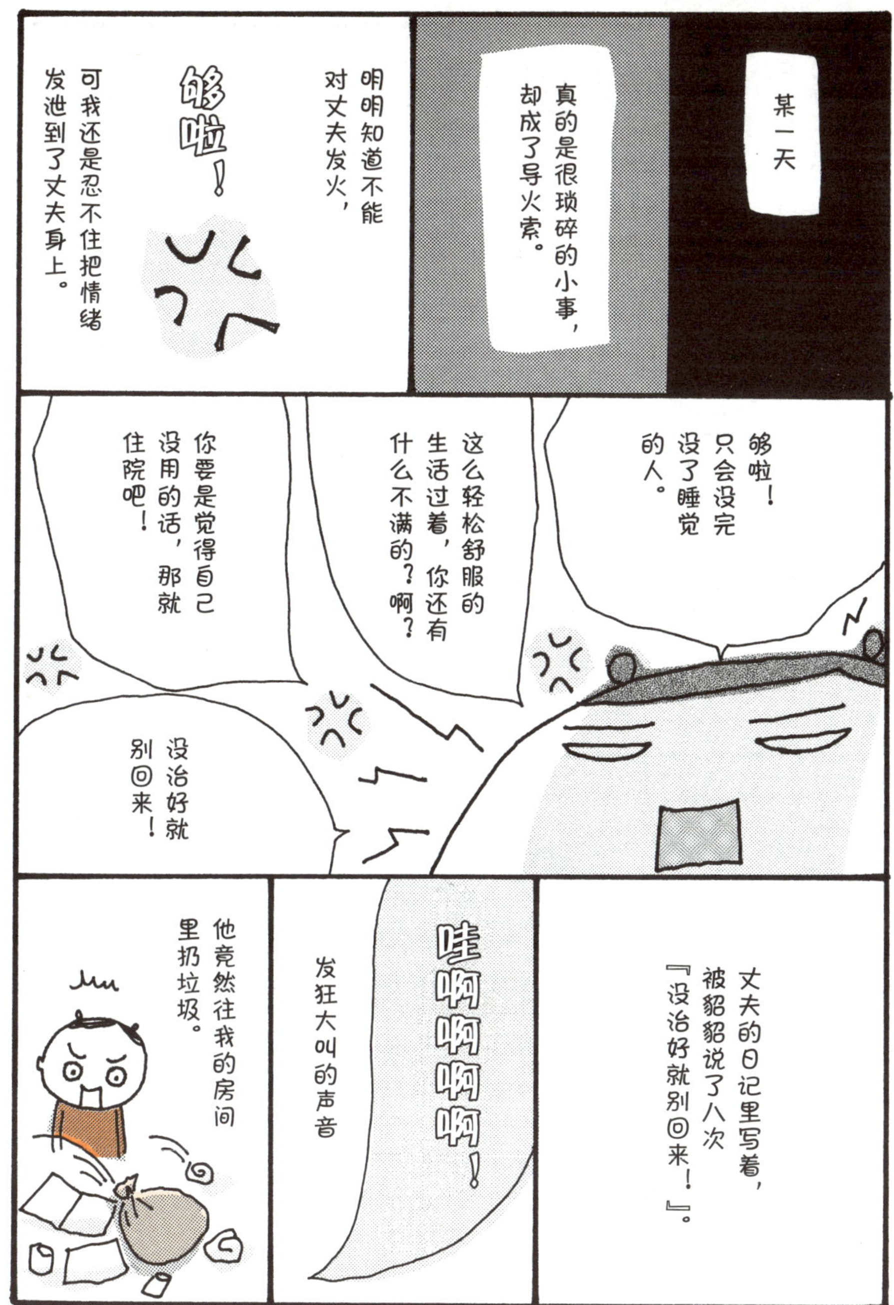
某一天
真的是很琐碎的小事，
却成了导火索。
明明知道不能
对丈夫发火，
够啦！
可我还是忍不住把情绪
发泄到了丈夫身上。
够啦！
只会没完
没了睡觉
的人。
这么轻松舒服的
生活过着，你还有
什么不满的？啊？
你要是觉得自己
没用的话，那就
住院吧！
没治好就
别回来！
丈夫的日记里写着，
被貂貂说了八次
『没治好就别回来！』。
哇啊啊啊啊！
发狂大叫的声音
他竟然往我的房间
里扔垃圾。

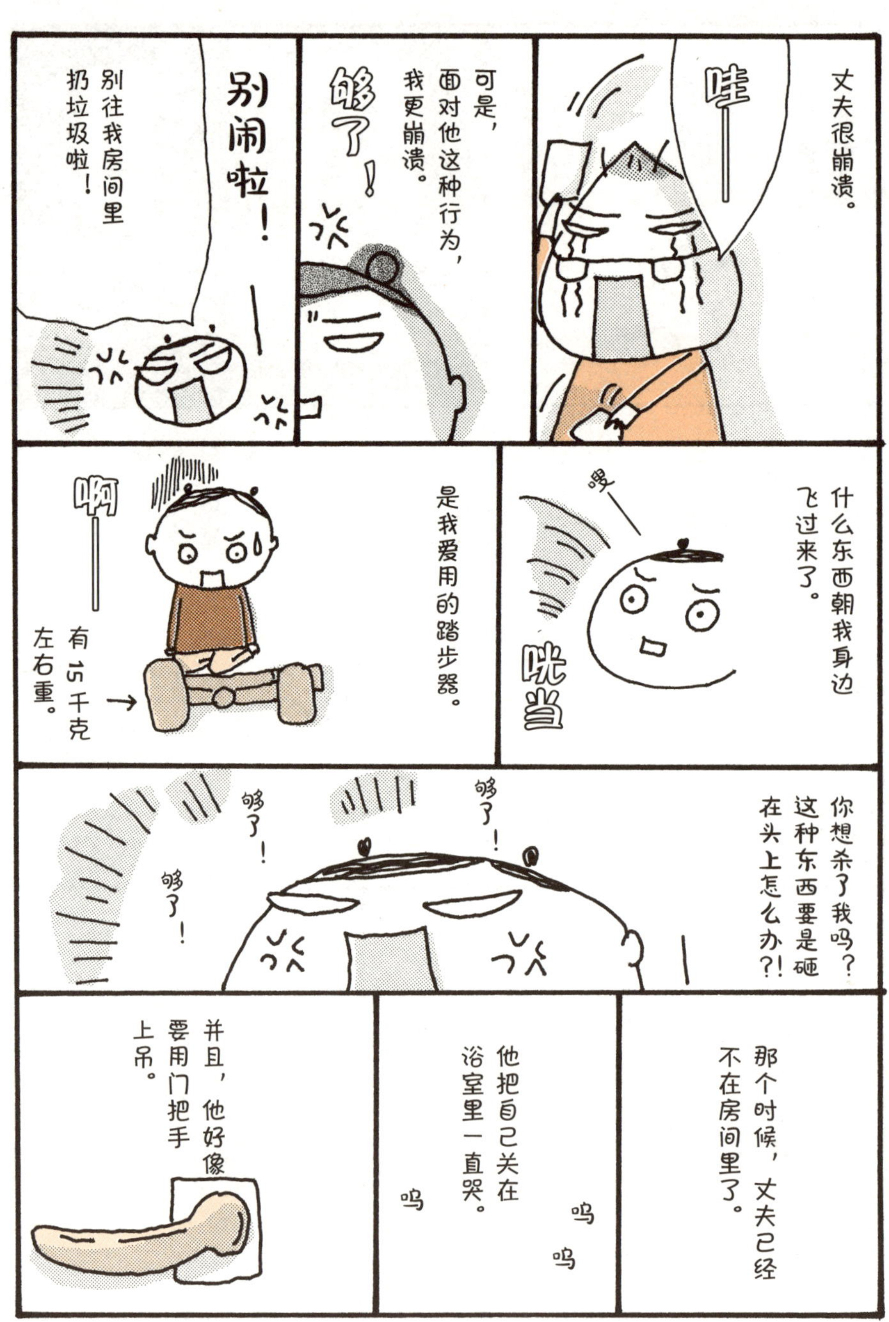

丈夫很崩溃。
哇——
可是，面对他这种行为，我更崩溃。
够了！
别往我房间里扔垃圾啦！
别闹啦！
什么东西朝我身边飞过来了。
嗖——
咣当
是我爱用的踏步器。
有15千克左右重。
啊——
你想杀了我吗？这种东西要是砸在头上怎么办?!
够了！
够了！
够了！
那个时候，丈夫已经不在房间里了。
他把自己关在浴室里一直哭。
呜
呜
呜
并且，他好像要用门把手上吊。

我的房间
浴室
隔着一道墙
我完全不知道会发生那种事情，正在给朋友发邮件泄愤。
嗷——
已经是魔鬼了。
欸！
现在，就算我死了，貂貂也只是会说我自私吧……
魔鬼
有点荒谬啊……
丈夫的感觉很敏锐，我正敲打着自私的邮件，
丈夫突然发狂，对我动武，是DV①！是DV！
我的邮件电波大概传到了丈夫那里。
丈夫想自杀这个事实，是我悄悄读了丈夫的日记才知道的。

①家庭暴力。

之⑨ 天气预报先生
最近这段时间，丈夫稳定下来了。
可是，一到阴雨天，就会感觉状况不好。
丈夫会这样说，
和下雨、天气没关系啦。
但是……
下雨天他还是会卧床不起。
哗
不过，从某种意义上来说，这也可以让人安心。
因为看了天气预报，就能预知那个时期的病情。
看电视天气预报成了我们共度的重要时间。
嗯，下周看起来比较危险啊。

之⑩
擅自减药
从4月底开始到5月中，已经能过上平稳的生活了。
下雨天虽然还不好，但之后就没事了。
正在恢复呢。
这就好了呀！
可是，突然就不行了。
嘤嘤嘤……
怎……怎……怎，怎么啦？
乌龟被子
老实说吧，我觉得已经好起来了，就减了药量。
欸欸
?!
为什么擅自这么做啊？
我以为已经没事啦。
好不容易好转了，又要重新开始治疗。
真是够了！
到药物起作用，又要花两周时间……

之⑪
不能独处
9月中旬，我和朋友有个三天两夜的旅行，要出门。
真的没问题吗？
自从丈夫得了抑郁症，这还是第一次让他一个人独处。
没事，没事。
最近我的状态不错，也好好吃药了，没事的。
偶尔也要透透气嘛。
晚上我给你打电话。
好好出门吧。
我走了。
虽然担心，但还是相信丈夫，就出门去了。
晚上……
喂喂，感觉怎么样？

嗯，总算还不错呀。
呼……
放心了，轻松了。
太好了！
可以一个人独处的话，就是在恢复吧。
但是，第二天的晚上……
喂喂……
……
喂喂？
……
没没没，你没事吧？
喂，快回答呀！
你回来啦。
东倒西歪
我自己待着的这段时间很不安，好像一直没睡。
这样的话，连出去旅行一下也不行了。

之⑫
突然袭击
渐渐可以和我一起外出的丈夫
劳驾，请给我这个。
可是……
欢迎光临！请问您想要点什么？
嘣——丁——
啊！
啊，那个，请给我两个泡芙。
……
丈夫有时会突然失语。
走在路上，
那个真漂亮呀！
突然就哭起来了。
嘣——丁——
呜呜——

在超市的收银台，
3215日元。
嗯——那个3000日元和……
突然不会数钱了。
噼——丁——
215日元呀。
就像这样，被某些状况突袭的丈夫每天都过着烦恼不堪的日子。
噼——丁——
外星人感冒真的是太太太可怕了。
啧
这样的日子太叫人崩溃了，实在难对付。
我到底是怎么了呀……
嘤嘤嘤……
乌龟被子
不过，最难对付的是，突然哭起来。
不挽着手就不会走路了。
噼——丁——
哭起来的时候。
他要是有羞耻感的话，就不会那么干了。

之⑬
春季总结
本以为辞了工作
改变环境就能治愈，
但是……
好不了。
终于能睡着觉了，
就每天一直都在睡。
好不了。
这样的话，就一点
用处都没有了，
成了没用的人。
嘤嘤嘤
丈夫哭起来。
可是我呢，
有人在家真好呀。
聊天的时候，
有个回应的人
在真好呀。
而且不干家务
也没关系。
我觉得还挺开心的。

和尚头

小的时候，见过留着和尚头的孩子，我想自己绝对不要留那种发型。在寺庙里见到僧人，觉得他们的头很奇怪。还做过被剃了头的和尚到处追的噩梦。中学的时候，看见进入棒球部的孩子们都剃了光头，连这个我也觉得害怕。

可是现在，我的发型就是和尚头。而且，有时候我还用剃刀剃光头（比和尚头剃得更干净的头）。这是疗养生活刚开始的时候，因为害怕去理发店，忧郁得满头白发乱蓬蓬状态使然。即使痊愈后，也还是最怕在理发店里长坐。

反正，普通的上班族是无法剃这种光头的吧。不过留短胡子，怎么说呢，应该会很有魅力吧，像是预先跨入了老年人的行列。因为想快些变老，所以有点开心。

樱花开了！！
樱花开了，所以去赏花散心了。
哇——好美啊！
怎么啦?!
晕乎乎
我也不太清楚，可是一看到盛开的樱花，
心情就忧郁起来，为什么自己会这样浑浑噩噩地活着呢……
嘤嘤嘤
回家吧。
根本没办法散心……

Part 3

起起伏伏的恢复期

之1 和过去的自己比较
在知道抑郁症之前，即使一直过着每晚都睡不着的日子，
哇啊啊啊啊
即使白天要去公司上班，晚上也可以不睡觉，做自己喜欢的事!!
也还觉得挺高兴的。
20多岁的时候，不管怎么熬通宵都没事。
绝想不到自己会得什么抑郁症之类的……
现在想来，好羞愧。
20多岁的时候，总是这也想做、那也想做。
我想尝试写书。
20岁的丈夫
我想试试做音乐。
明明有许多想做的事情。
现在却什么都想不起来了，什么都做不了……

丈夫患抑郁症已经半年多了。
唉——
像以前那样严重的症状几乎没有了。但是……
现在的自己和曾经的自己相比要消沉得多。
而且是精神状态最好的时候。
没办法啦，大家都上年纪了。
今后还会找到想做的事情的。
是吗？
是呀。
是吗？
是呀。
呵呵呵呵。
……
和曾经的自己比起来，消沉了许多，不能理解。所谓的男人，就是这么一种东西？

之②
那样的性格
我觉得，最近白天经常看到小孩子……
马上就要到暑假了吧。
从小时候起，每逢暑假或过年这种连续放假，
我就肯定会发烧，卧床不起。
东倒西歪
欸
怎么啦?!
这么说起来，你从开始工作起，一到长假也卧床不起呀。
哇——是呀！我就是那样的体质呀！

明明是非常期待的假期，
一半的假期，
都是在床上度过的。
一到假期就总是卧床，
一点都不快乐。
说起来，
反正是假期，
一直睡觉不是
挺好的吗？
我还在公司工作
的时候，假期里
闲着没事，一直
是睡觉度过的。
欸
!
那样的话，
你的人生得多
没意思呀？
哼哼哼
我可不想被
你教训!!

之③
自己的存在
这年夏天的酷暑一直持续着超过35摄氏度的高温。
哎呀，看，那个人好像中暑了呀。
大夏天也要穿着长衣长裤的公司职员
我还想呢，今年夏天不那一身打扮行不行啊？
帽子
T恤
短裤
真是松了一口气呀。
太好了呢。
可是，那个人虽然挺辛苦的，但他对公司是有用的啊。
欸？
丈夫最近的课题是『自己到底有什么用』。
晕乎乎
老公，你是有用的哦！对我来说……

即便在家里，
咚——
哇——
呀——
附近的人的欢声笑语啦，
在放烟花呀，挺开心的嘛。
砰
哪里准备的晚饭的香味啦……
啊，下面那家做的是咖喱吗？
总觉得被社会逼入了绝境。
欸？
呜呜呜
你自己真是毫无用处……
……
走在街上的时候，
就算这个世界没有我，人们也可以过得开心快乐呀。
啊？
我是被需要的吗？
我都说了，我需要你!!
也总有这种感觉。

希腊陆龟
半价出售
就这样，某一天，在宠物商店
啪唧
啊！
刚……刚刚，它在向我求助，说它需要我。
花半价买下它，照顾它!!
欸？
在这种情况下，丈夫决定增加一只陆龟……
松井（起的名字），我是爸爸哦！
还有鬃蜥和沼泽龟，共3只。
难道，我还不如乌龟有地位？

之4
台风年
这一年是个台风年。
台风
几乎每周都刮台风。
从夏天到秋天都刮了10次了。
一到下雨天，丈夫的情形就不太好。
简直起不了床。
一刮台风就更加严重了。
又刮台风啊！
南部海域刮起了台风。
别刮到这儿来，去别的地方吧！
走开，走开！
即使做了这么多，该来的还是会来，没办法。
哎呀，必须去买东西了。
阳台上的花木必须搬进来。
台风一来，
大家状态都不好了。
我自己一个人就非常忙碌。

之⑤ 变得像古怪的苦行僧一样
丈夫终于能听音乐了。
我在图书馆借了CD。
CD
他以前明明是个古典音乐宅男。
你借了什么？是西贝柳斯吗？
是布鲁克纳吗？
不知怎么回事，竟然是活力四射的民族音乐。
嘿呀
嘿呀
嘿呀
嘿呀
哇——
为什么呀？
然后是佳美兰（gamelan）和嗒麦隆舞蹈。
Biang
Biang
Biang
用佳美兰演奏的樱花。
再加上焚起的熏香……
呕
味道着实太浓烈了。
但是，
心里非常平静。
听他这么一说，我就什么都说不出口了。

Biang
Biang
Biang
盘腿
打坐中
Biang
Biang
佛家有云：
『吾唯足知。』
啊？
人活着，
需要的是空气、水和食物，
站着需要半张榻榻米大的空间，
躺着需要一张榻榻米大的空间。
其他的欲望不过是
心理上的空想。
其实，
如果能够感觉到
自己是充足的，
就不会有任何烦恼了。
这样的说法都是关于
悟道的煽动哦。
Biang
过去，我就发现
自己可以理解到
这个地步了呀。
我晕。
这种狂热劲
持续了一周左右就结束了，
还好还好……
Biang

之⑥ 不惑之年
丈夫是归国子女。
因为这个原因，小时候曾经被别的孩子欺负过。
所以，对于自己和周围不一样这件事有些神经质。
今天是丈夫的6岁生日。
生日快乐
嘤嘤嘤……
开倒车
怎么啦？
今天明明是个喜庆日子。
乌龟被子

我去给你买蛋糕，要什么样的？
不要！
那，要给你买什么礼物呢？
不要！
可是，明明是难得的6岁生日……
哇——
不要提6!!
为什么？
我不想到6岁啊！
不应该是这样的。
什么？难道你有什么理想吗？
嗯……

丈夫理想的65岁形象
干劲十足地忙事业（担任要职）
有房子
大概有两个孩子
自食其力、不依赖他人的妻子
如今丈夫的现实
失业，而且患病
没房、没孩子
靠不住的妻子
孩子是爬行类
欸？你有那样的理想吗？
我觉得成年人就该是那样的呀。
这样的65岁不就是其他人合起来的样子吗？
特别是对不起父母，我再也见不到他们了。
四十不惑
嘤嘤嘤……
明明65岁了，还一直迷惑着的痛苦哭泣的丈夫

心情恶劣的彼得·潘

即使是成年人了，也还保留着上学时候的梦想，这样的人不管老少似乎都挺常见的。我的情况是，作为社会人进入公司工作，累了的时候也问过自己：“长大了想做什么？”我不由得想，说不定现在的自己正处在人生的收获期，甚至更进一步，处在以新的飞跃为目标的勤学修业中。

但是，由于抑郁症，我倒下了，工作也毫不犹豫地辞去了，连利用自己留下的技艺的自信都没有了，刚反应过来，就发现自己 40 岁了。成年人就是成年人，是比起出生更接近死亡的阶段。死神拿着收割明日的镰刀到来，他有可能会说“到此为止吧”。（虽然不久前我寻死过，但现在那个话已经被束之高阁了……）在镜子里看到那样的自己，非常失落。40 岁的生日。

之⑦ 40岁的打击
到60岁了，
所以要接受体检。
通知
市里来了通知。
因为主治医生说了一定要去，
所以做了预约。
偏偏在那一天，
台风来了。
没问题吗？
呼呼 呼呼
我和你
一起去吧？
我没问题。
还没从60岁的打击中
抽离出来，
又遇上了台风，
忍受着双重痛苦的丈夫
勉强出门了。
可别被风
吹跑了！
呼呼呼呼
我走了。

在接待台等待进一步的试炼。
请在这里填上姓名、年龄、职业。
吓一跳
哆嗦 哆嗦
哆嗦
年龄 40
职业 无业
被迫认清现实的异常消沉的丈夫
晕乎乎
空调还在给被雨水浸湿的身体降温。
明明只是来接受个健康体检，为什么这么难过呢？
让您为我这样的身体做检查，实在是抱歉呀。
呜呜呜……
一个月以后
健康检查的结果，是这几年中最好的。
果然，只要没有来自外界的压力，身体就健康起来了。

之⑧
让他散心消遣
过了一阵子闲居的生活。
要去一个陶艺家朋友的家里玩，来吗？
尝试邀约
那天的状态很好，我就带着丈夫一起去了。
外面真热呀！
第一次见到陶艺家的工作间，是很不可思议的空间。
哇——
主要制作狮像
要不要试试陶工旋盘，体验一下？
美女陶艺家
好啊，我想试试。
丈夫变得有干劲了。
啊？

骨碌骨碌
好，就这样向外扩展。
啊！
软塌了
哎呀！重新来一次。
这个……
集中，集中精神就能消除干扰。
心里出现干扰了吧。
咦——
第二次
老师↓
哎呀，不错不错。
漂亮的圆形↓
看看，真的很棒。
哇
叽唧
叽唧
好棒呀，老公！
如果要烧制成碟子，还要上彩绘。
太棒了！老公你总算能够对某样东西集中精力了呀。
完成的碟子是这样子的。
上面写着“四十不惑”。
四
不
十
惑
果然写了这样的主题!!

之9 内心大扫除
进入8月了。
这个月才是欢乐月！
丈夫发表了久违的积极言论。
太棒了！
首先，为了改变心情，给房间来个大扫除吧。
欸？
这么热的天，要大扫除？
这个房间？
嗯。
乱七八糟——
有点……太脏了吧。
当然啦。
老公你一直卧床，没能好好打扫嘛。

似乎能反映出自己的内心。
丈夫的心
搞乱这个房间的人是……
原来是这样啊……
那么，打扫房间就是打扫老公的内心吧？
欸？
既然是这样，那就鼓起干劲大扫除吧。
扫除是丈夫心里非常重视的事吧。
一边想着，一边花了半天的时间大扫除。

之⑩
想成为美国人
大概是连日持续高温天气的缘故吧，
丈夫变得有些奇怪。
扑哧
最近总喝平常从来不喝的饮料。
咕噜——
可乐
苏打水
姜汁清凉饮料
甜的碳酸饮料
冰咖啡里面
要加树胶糖浆。
以前，
像这样的东西，
他是完全不喝的。
他是怎么啦？
喝了这样的很美
式的东西，感觉
就像美国人似的，
觉得性格也积极
起来了……
嘿嘿嘿
啊？
每天都喝，喝太多，拉肚子了，
立刻就此打住……

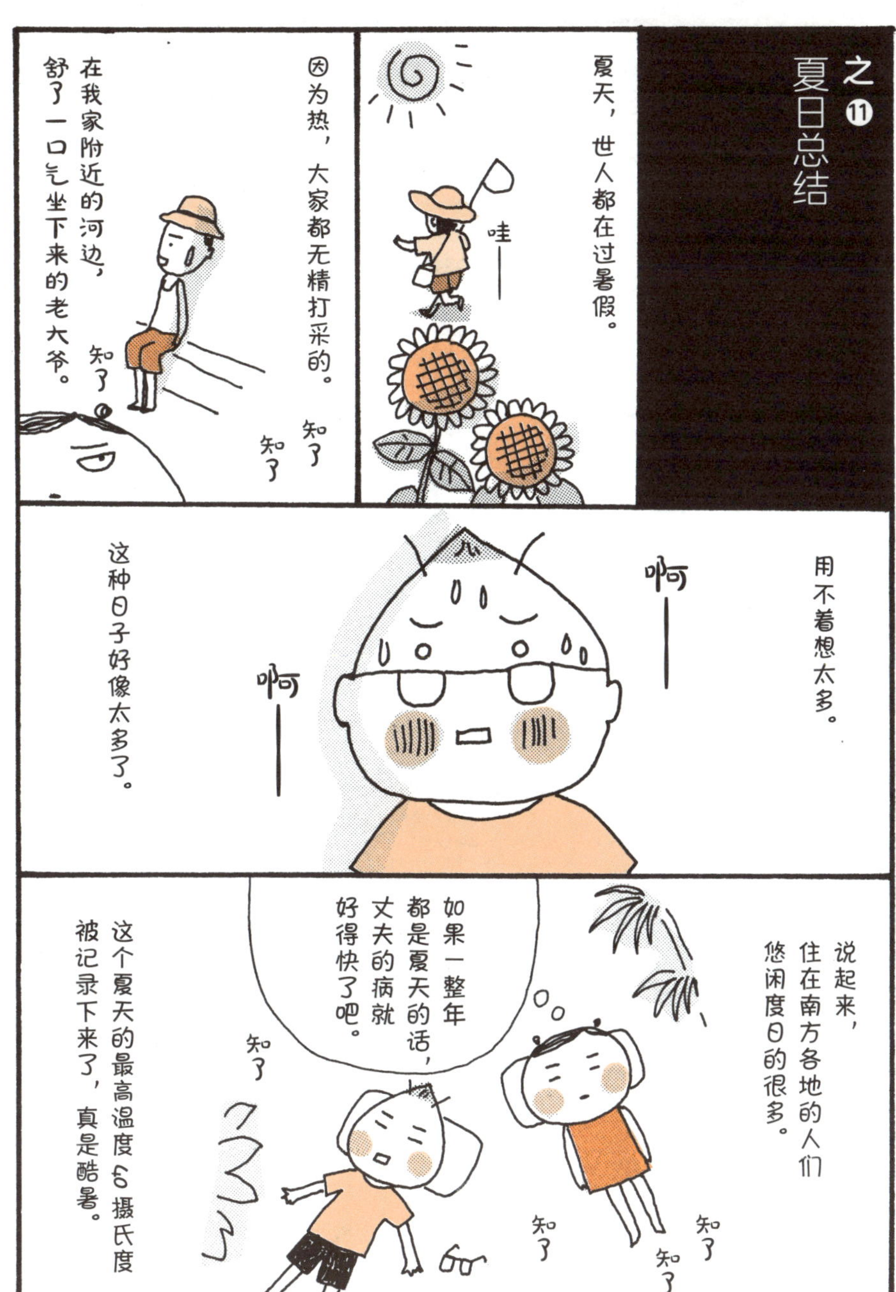
之⑪
夏日总结
夏天，世人都在过暑假。
哇——
因为热，大家都无精打采的。
知了
知了
在我家附近的河边，
舒了一口气坐下来的老大爷。
知了
用不着想太多。
啊——
啊——
这种日子好像太多了。
说起来，住在南方各地的人们悠闲度日的很多。
如果一整年都是夏天的话，丈夫的病就好得快了吧。
知了
这个夏天的最高温度6摄氏度被记录下来了，真是酷暑。
知了
知了
知了

人生的暑假

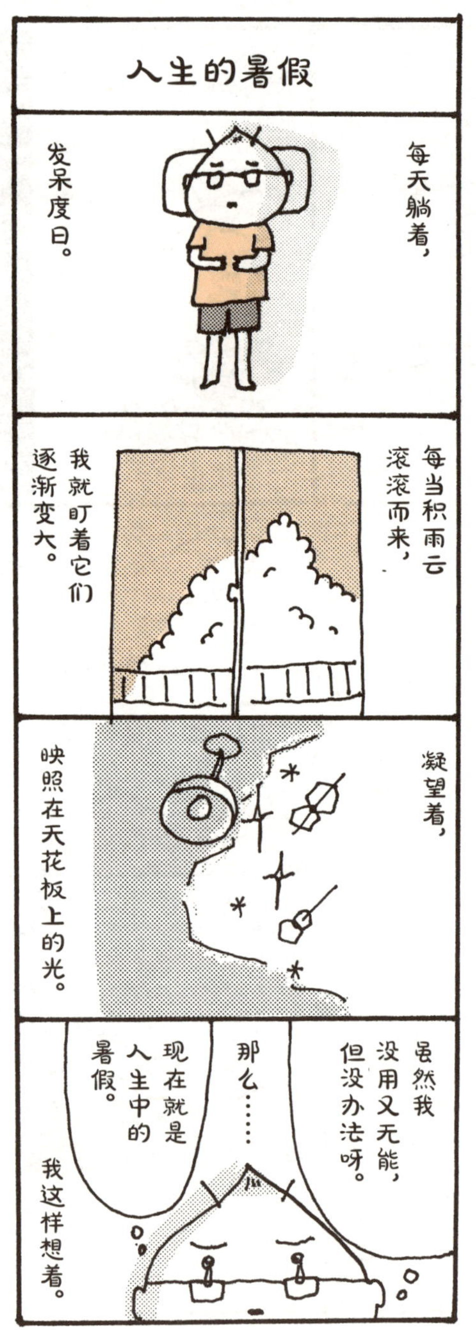
每天躺着，
发呆度日。
每当积雨云滚滚而来，
我就盯着它们逐渐变大。
凝望着，
映照在天花板上的光。
虽然我没用又无能，
但没办法呀。
那么……
现在就是人生中的暑假。
我这样想着。

Part 4

一点点向上走吧

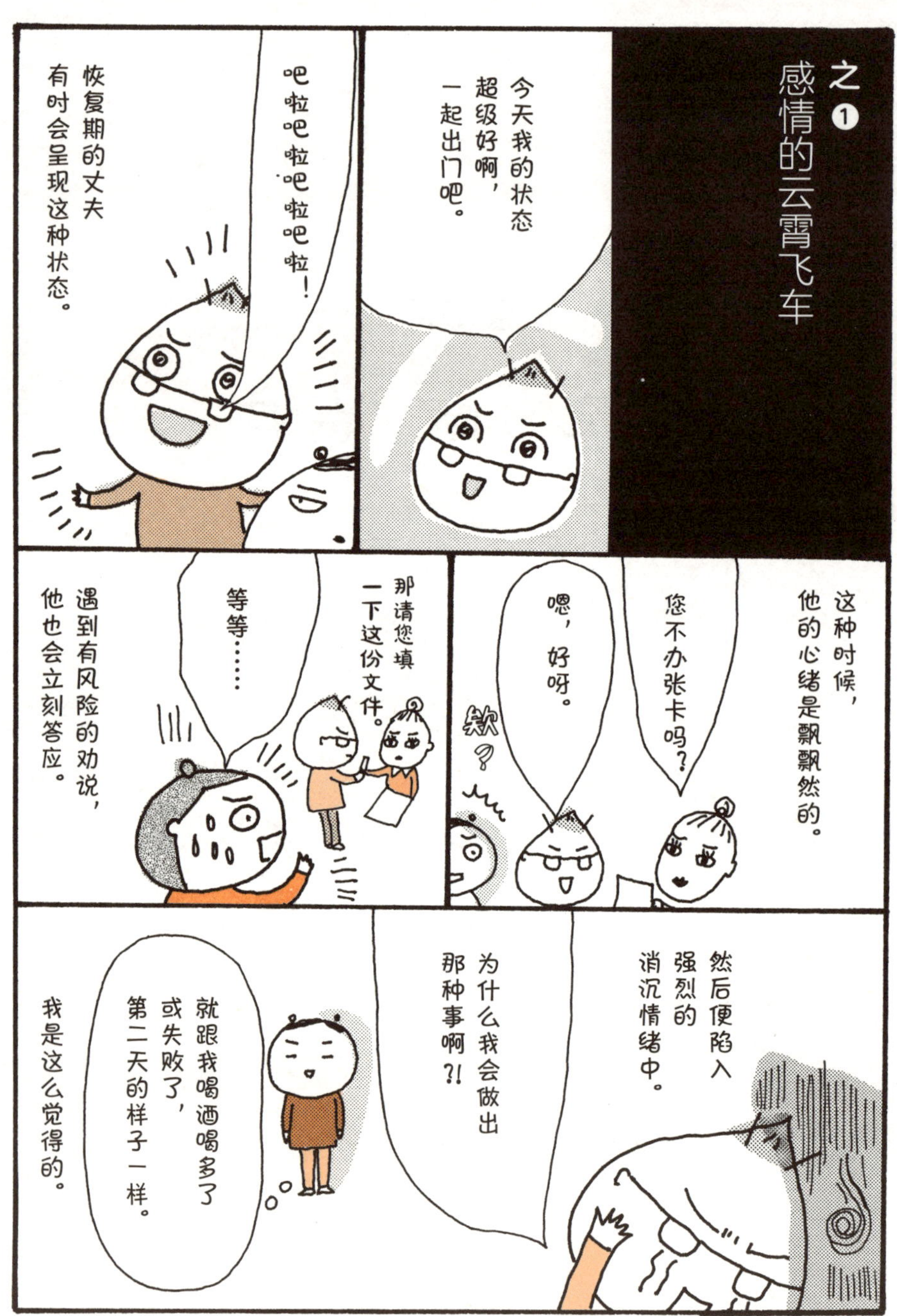
之① 感情的云霄飞车
今天我的状态超级好啊，一起出门吧。
吧啦吧啦吧啦吧啦吧啦！
恢复期的丈夫有时会呈现这种状态。
这种时候，他的心绪是飘飘然的。
您不办张卡吗？
嗯，好呀。
欸？
那请您填一下这份文件。
等等……
遇到有风险的劝说，他也会立刻答应。
然后便陷入强烈的消沉情绪中。
为什么我会做出那种事啊?!
就跟我喝酒喝多了或失败了，第二天的样子一样。
我是这么觉得的。

结婚 10 周年的同学会

天主教会有结婚讲座这种活动，包括我们在内的 8 组情侣参加了半年的这种讲座。然后在 10 年前，我们接二连三地举行了仪式。每年，参加讲座的同学都会举办同学会，今年是回顾 10 年特别报告会。因为我们夫妇在一年前缺席了，所以是时隔两年再次参加。我把辞职、患抑郁症、现在一边给妻子当助手一边做家务的生活，向大家做了汇报。轮到妻子了，她站起身来。

“再次宣读结婚时宣读过的‘誓言’，有一种东西涌上我心头。那就是‘不管顺境还是逆境，不管是疾病还是健康’这个部分。去年，他生病了……”

说到这里，她哽咽着说不下去了。

只生病这一件事就充斥了我的头脑，够我头痛的了。可她是健康的，过得一帆风顺。而作为家人，她和我共同分担着我的痛苦。我自私地病倒了，对不起。而且，她真的经常忍耐我，这样的感激之情也充斥着我的内心。

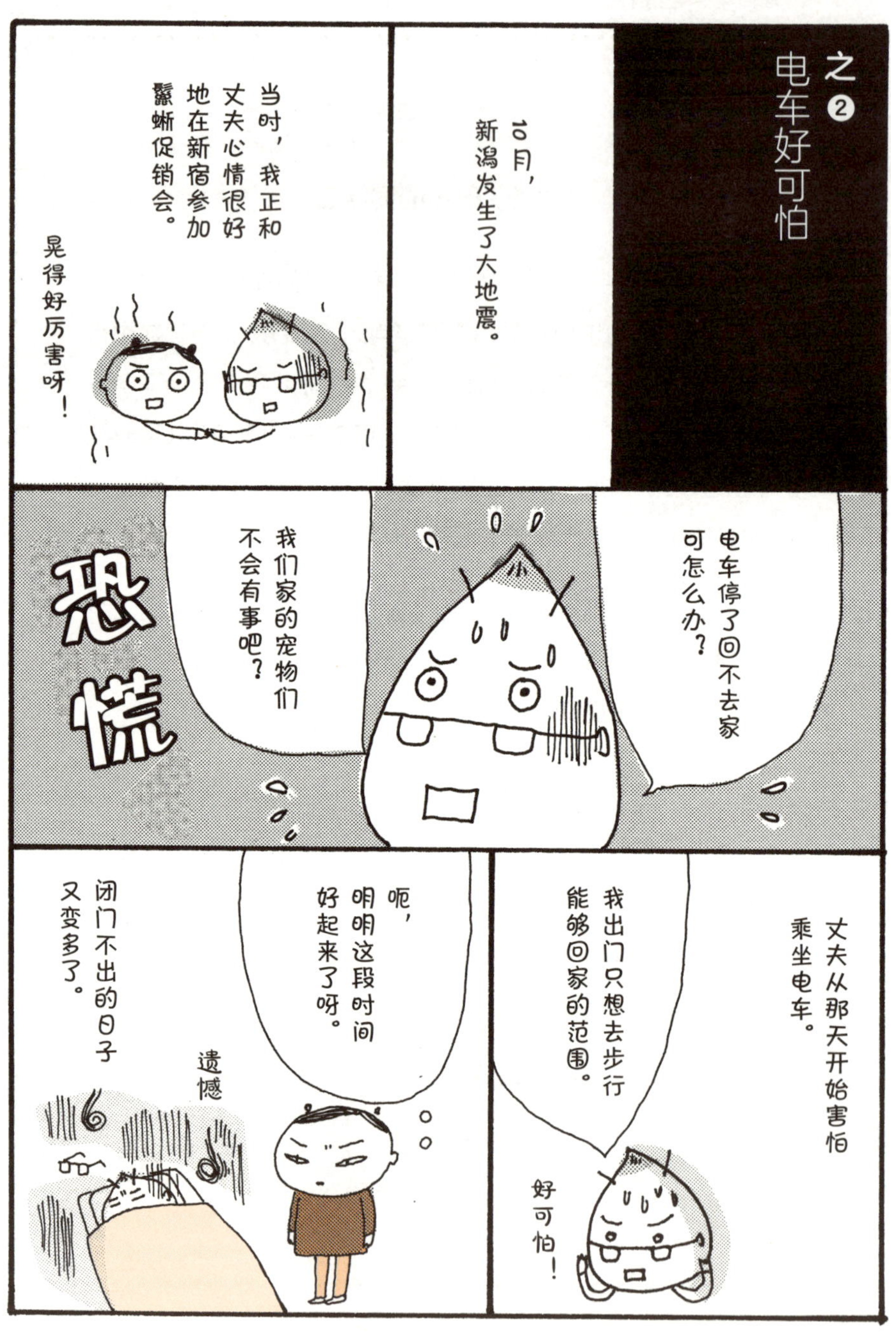

之②电车好可怕
10月，新潟发生了大地震。
当时，我正和丈夫心情很好地在新宿参加鬣蜥促销会。
晃得好厉害呀！
电车停了回不去家可怎么办？
我们家的宠物们不会有事吧？
恐慌
丈夫从那天开始害怕乘坐电车。
我出门只想去步行能够回家的范围。
好可怕！
呃，明明这段时间好起来了呀。
遗憾
闭门不出的日子又变多了。

不过，
丈夫的确是
好起来了呀！！
几天之后
电车……
为了能乘车，
我想努力试试。
欸！
多么积极向上呀，老公！！
咣当
咣当 咣当
咣当
颤抖 颤抖
好像根本
不行呀。
你没事吧？
我们在
下一站下车。
咔嗒
咔嗒
然而，乘坐的电车飞速前进，
一直没有停下。
还有3站，
你再忍耐一下。
呜——
东阳站
晕
怎么样？
坐出租车
回去？
我受不了
交通工具，
走路回去吧。
欸？！
没办法，
我们花了3小时步行回家。

之③ 可以看电影
最近，丈夫能看电视了。
而且，正在看电影。
在看什么呢？
嗷呜
哥斯拉。
欸！
老公，你喜欢这种片子？
根本不喜欢啦。
只不过，我凑巧打开电视，正放着呢。
非常有意思呀。
哦哦。
许久不见丈夫满面笑容了。
当时正值哥斯拉电影上映50周年，每天都在有线电视上放映。
嗯——
感谢哥斯拉。

即便如此……
今天也是哥斯拉？
哥斯拉VS摩斯拉
今天两部？
三大怪兽 地球最大的决战
南海大决斗
疑问……
喂喂，为什么那么喜欢哥斯拉？
我小时候只看过一次哥斯拉。
那个时候，作为小孩子，心里想：『真是无聊的大烂片呀。』
但是，现在看着哥斯拉就会想到小时候过暑假。
想到曾经去百货店屋顶上的游乐园时，那种雀跃的心情。
另外，哥斯拉喜欢在大街上随便搞破坏，似乎也挺好。
我也想毁掉现在的自己呀。
哐——
丈夫差不多看完了整个『哥斯拉』系列。还买了把主题曲改编成SF交响幻想曲的CD。

①“浪人”是失学或失业的人，“一浪”即失业一年的人。

我想当然地以为，剪的又是一浪发型吧。

我回来啦。

啊，你回来了。

欸！

欸欸！

什么呀，你的头?!

我剃光头了。

嘿嘿

其实，我想剃得更光溜些。

啊？那不是和尚吗？

总觉得我想做彻底不一样的自己。

啊，原来是这样啊……

那，要是索性把胡子也留起来呢？

漂亮的形象

成功

和尚长胡子

这样的一张脸，谁也不会联想到他是得抑郁症了。

之⑤ 对新事物的兴趣逐渐增加
患病之后，丈夫表现得对新事物毫无兴趣。
什么都做不了。唉——
突然说出了这个想法。
我想试试养水草。
水草？
无法想象是什么样的。
嗯。
就是这样的东西哦。
养殖
水草吧！
啊，鱼缸？
不行不行不行不行！
我们没有放水槽的地方，再说了，说到养的东西，已经很多了吧。
看着水草感觉很安心呀。
闪闪
闪闪

确实，在水族馆之类的地方有被治愈的感觉啊。
嗯——
可是，还是不行!!水槽如果倒了的话，麻烦就大了。
欸！
要是以前，事情就到此为止了。但是……
我自己去买回来了。
现在就不一样了。
什——么——
而且还买了鱼？
青鳉鱼和虾……没什么东西在里面游，太寂寞了。
丈夫变得对某些事物有兴趣了，我很高兴……可是呢……
我们家是动物园吗？

之⑥
冬至很痛苦
有一种说法，说抑郁症和太阳光有关系。
晒太阳容易分泌血清素。
所以，阳光不足的时期，丈夫的病情更易变。
这么说起来，在年末的时候，丈夫的病情似乎都会恶化。
也有人是只在冬至的时候表现出抑郁的症状。
老公，你卧床不起也是没办法的呀。
嗯……
这个时期大家都是闷闷不乐地过日子。
所以，并不是老公你一个人觉得难过，没事，没事的。
嗯……
到了春天就又好起来了哦。
冬天虽然不好过，但我想也还有充满希望的季节，到那个时候……

之7 年终总结
我想今年一整年都是令人不满意的。
生病，辞职，还没钱。
即使没钱，有活力、有勇气也能开心地生活啊——
呜呜呜
既没活力也没有勇气，才是最痛苦的。
不过呢——你和一年前比比看嘛。
现在正做着想做的事，对不对？现在更快乐，对吧？
嗯。
结果好就全都好，这样不就好了吗？
哈哈哈
啪
不过，为了明年能好起来，我们还是去神社做了岁末参拜。
是……是吗？

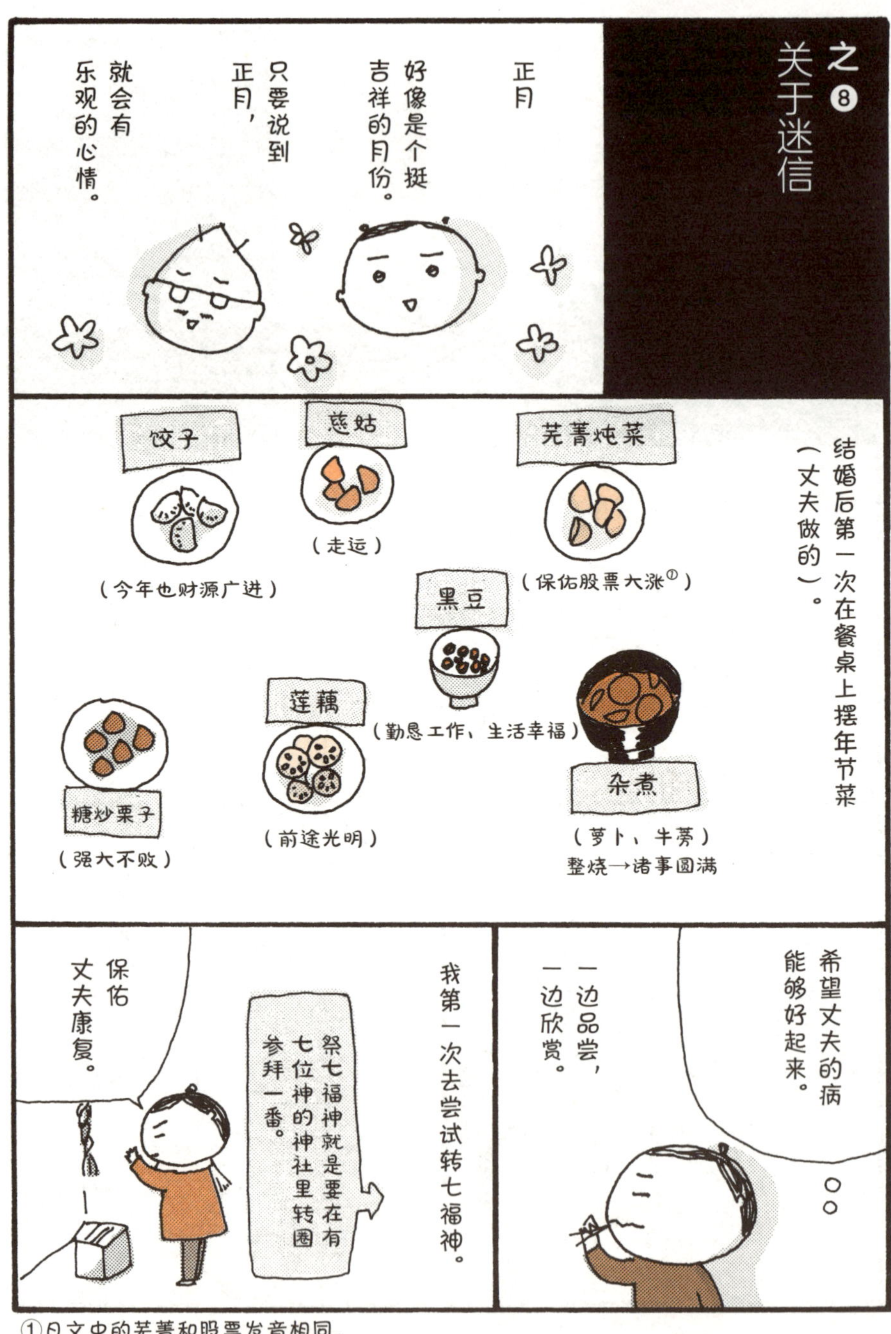

①日文中的芜菁和股票发音相同。

①在节分时吃的能带来吉祥的大寿司卷。

之❾
老公，重要的工作完成了
今年的最后申报由我来做吧。
欸！
最后申报是社会性的重要工作，我觉得现在的丈夫做不了。
我暂时先答应他。
嗯，那就拜托了哦。
我努力试试看。
可是，不和工作过的公司联系是不行的哦。
你能行吗？
嗯。

丈夫非常努力地联系了。
不敢打电话，就用邮件。
说是我辞职之后，公司就倒闭了。
啊?!
这么说，还是早点辞职的好……
嗯……
丈夫的心情好像很复杂。
呜呜呜呜呜……
好啦!
吧!
紧接着，我家的最后申报就做完了。
最后申报
进步非常大呀，老公!
吣唧吣唧

之⑩ 建立自信
最后申报完成之后，丈夫很快沉浸在了自信之中。
我觉得，差不多该去乘坐电车了。
我总觉得，该去试试了。
没……没……没问题吗？不用那么着急呀。
欸？
好难过啊……
这次，我们谨慎地乘坐了每站都停的慢车。
要是觉得不好受就说啊。
嗯。
咕隆咕隆
咕隆咕隆
扑通
扑通
扑通
扑通
乘坐电车顺利完成。
恭喜你，老公！

我们的目的地，
是丈夫在公司工作时经常去的
新宿御苑。
哇，
时隔一年了！
我经常坐在
这张长椅上
吃便当。
嗯——
那栋大厦，
就是我工作的公司
所在的地方。
已经
不在了吧。
看到公司后，
我就开始紧张，
担心丈夫的心情
变得沉重。
不过，
丈夫并没有
心情不好的样子，
似乎挺开心的。
第二天丈夫
卧床不起，
让我很担心。
但是再接下
来的一天，
他又恢复了正常。
明显好
起来了!!

之⑪ 接受事实
丈夫辞职已经一年了。
一年前
一年后
今天是辞职一周年啦！
从这个时候开始，丈夫的样子有了明显的变化。
今天状态感觉很好啊。
太好了呢。
不过，我是不会再上当了。
欸？
就算现在状态很好，也还是会有变坏的时候呀。
它就是这样的一种病。
一直以来，我认为什么事情都必须做到完美，就连治病，我也认为必须完全治愈。
可现在我觉得，不完美才是完美啊。

我终于会这么想了呀。
所以，从今往后，我的6多岁，一定很精彩！
欸！
他明明那么逃避6岁……
好想看看丈夫脑袋里发生了怎样的变化啊。
好啦，开干吧！
暂时，药还在继续吃着，也还有情绪低落的时候。
我觉得，患病的丈夫仿佛获得了重生。

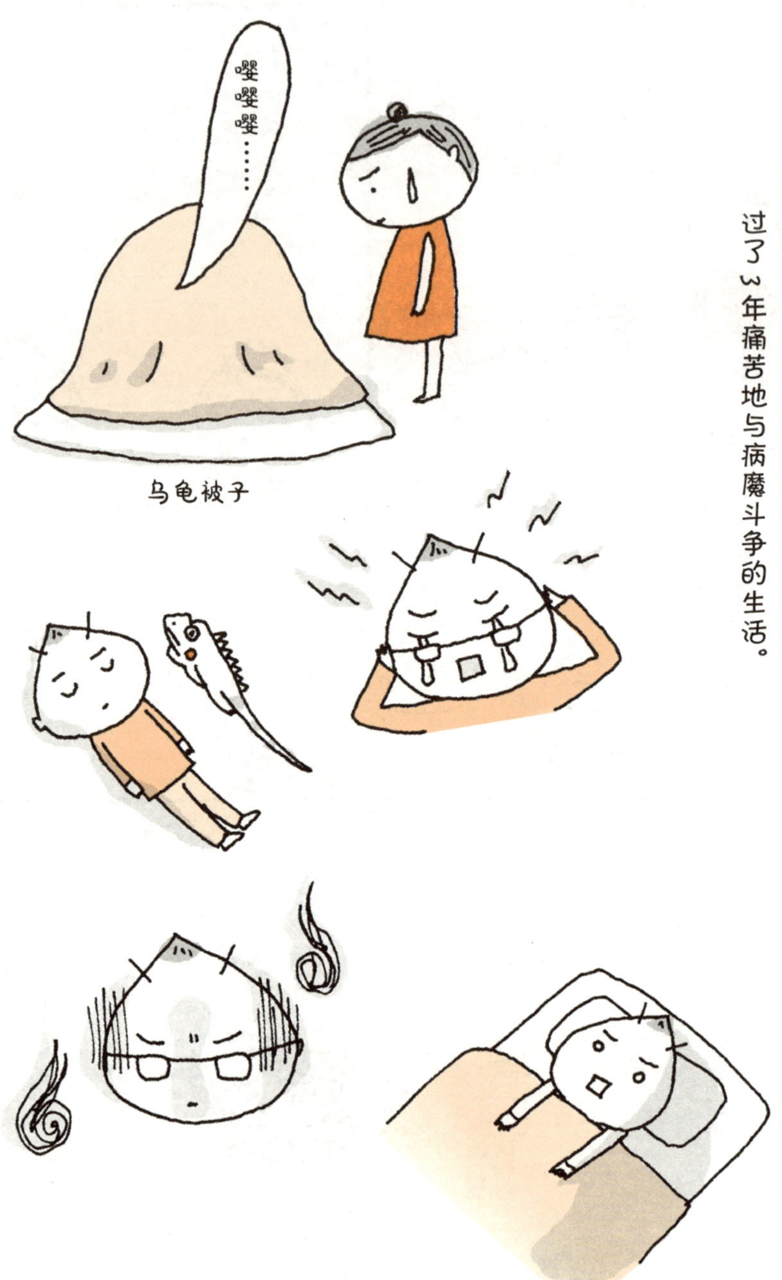

过了3年痛苦地与病魔斗争的生活。

终于打起精神来了。

天线也摘掉了。

黑色的阴影也不见了。

不过，恢复健康的丈夫，
不再是以前那个超级上班族了。

克服了抑郁症的丈夫
有了怎样的改变呢？

然后，作为妻子的我，
又有怎样的改变呢？

下部

用微笑打败那个看起来很强大的『敌人』，这是一件十分值得骄傲的事情。

Part 5

尝试写出《丈夫得了抑郁症》

①「イグアナの花嫁」（幻冬舍）。

到了9月末，才终于能起床了。
而且那个时候……
自从生病以来，
第一次主动提出要出门。
欸！
我太高兴了，
欢天喜地，
就觉得病已经好了。
感觉天线也消失了。
但，那只是个
错觉。

雨天或气压低
就卧床不起。
嗯哼哼……
嗯哼哼……
突如其来的
低落情绪持续着。
我什么
都不行。
果然不是
那么简单就能
治好的病啊。
唉
失望，
失望。
已经这样了，
就没救了吧。
感觉一辈子
都要和这种病
打交道了。

丈夫那边也……
已经厌倦和我
在一起了吧？
毕竟都说了，
觉得我已经没救了。
两人都接受了
这种病『得上就没救了』
的想法。
但是，
我有了要操心的事。
丈夫的退职金
和失业保险
都用掉了。
我的工作
还是那么少。
存折

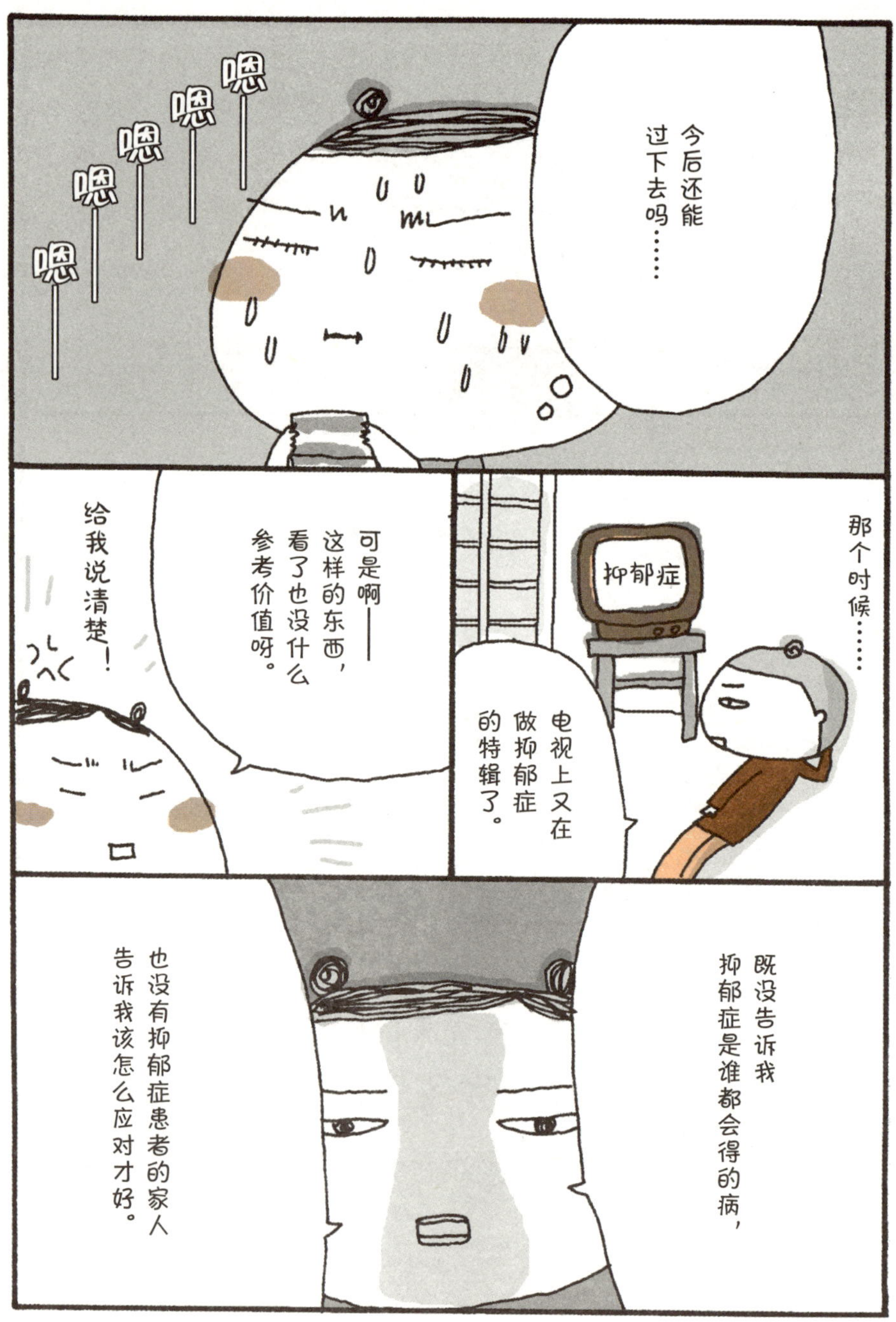
今后还能
过下去吗……
嗯
嗯
嗯
嗯
嗯
那个时候……
抑郁症
电视上又在
做抑郁症
的特辑了。
可是啊——
这样的东西，
看了也没什么
参考价值呀。
给我说清楚！
既没告诉我
抑郁症是谁都会得的病，
也没有抑郁症患者的家人
告诉我该怎么应对才好。

把我们的
亲身经历
就这样写成书
怎么样？
对了！
我周围就有许多
对抑郁症无知
或误解的人。
『抑郁症是这样患上的』
『抑郁症会变成这样子哟』，
这样告诉给世人，
让他们知道
不就好了吗？
为了让
更多的人知道，
我要写有关
抑郁症的书!!

好啦！
加油！

丈　夫　的　喃　喃　自　语　8

谜一样的虾仙人

患抑郁症一年后，到现在为止，一次次沉沦在完全没有表现出过兴趣的事物中。特别不可思议的是玻璃水槽，病好之后想：“为什么会有这种东西？” 现在就只是偶尔加点水，没怎么照料了。即便如此，当初布置的时候也是倾注了心力的，水草和虾一起组合共生。

当时对虾的饲养非常讲究。制作海水与淡水的混合水，让虾的幼体成活，大量的虾都生长到了成年。我为什么会沉迷在这种事情中呢？后来仔细想了一下，虽然有些牵强，但应该是我把虾和自己同化了。我大概是想通过对虾的生存环境的整顿、护理，实际感受到在这个世界的水槽外有某种强大的东西（神？）在照料着我吧——虽然这有点难以理解。

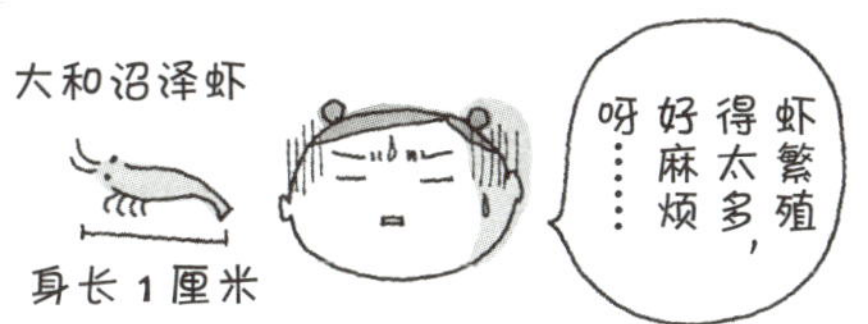

写书之②
我战战兢兢地问了一下丈夫，把抑郁症的事写成书怎么样。
欸！
之前让我写日记，我就写了。既然你说要把这件事写成书……
你是认真的吗？
嗯。
那，好啊。
真的?!
好，那就开干吧！
可是，这么阴暗沉重的事情，写成书好吗？

我虽然充满了干劲，但是……
嗯，这个选题有点沉重呀。
到处碰壁
我们这儿，这种类型的选题，有点……
可是，我无论如何都想出版!!这样的想法非常坚定。
抑郁症，在我们看来，真的是难以理解。
一直以来都很正常、很普通地生活着的人，简直就像变成了另一个人。
丈夫也说，要把自己的感受写成文章。
是要从家属和患者两个角度来写吗？
这种类型的选题，也许到目前为止还没有过。

理解了我话中的意图的，是幻冬舍的编辑。
说要让我们参加策划会议!!
真的？
这是我背水一战争取到的工作。
这样的话，生活也许还能有办法过下去。
成功啦！
好高兴啊！
顺利通过了策划会议，出书的事情定下来了。
这个时候，第一次，
丈夫给我看了他写的日记。

日记里还写了我不知道的事。
我都不知道……
呜
丈夫竟然自杀未遂……
……
暂时缓不过来的我……

得了抑郁症
会想自杀，
虽然我打算
理解这件事，
可似乎还是
太天真了。
把这种事情写上
真的好吗？
不行不行！
既然已经
决定了要写，
那就要好好写。
写上。
不行……
太痛苦了……
写上。
不行……
果然还是太
痛苦了……

写关于抑郁症的书，
是比想象中艰难许多倍的工作。
嗯
嗯

别睡啦!!
好辛苦啊……
呼噜……

不会拒绝的“弱点”

我意外地是个比较中庸的性格，好像也有人认为这和对抑郁症缺乏抗性有关联。的确，我不太会突然翻脸，不会丢下麻烦不管，而是磨磨叽叽地考虑。即便是我自己，也不得不认为这些特征是为人的弱点。但是，我认为自己最大的弱点，还是“不会拒绝的性格”。

即使对自己来说是过重的负担，一考虑别人的心情，就拒绝不了了。即使这并不怎么帅，即使并不是不能忍受自己变成个讨厌的家伙，但拒绝所要消耗的能量和接受并完成的能量相比，我的判断是“接受比拒绝更轻松”。即使患上了抑郁症，即使反复自我分析，也还是无法修正。就算打算要修正了，也还是会回到原来的想法。

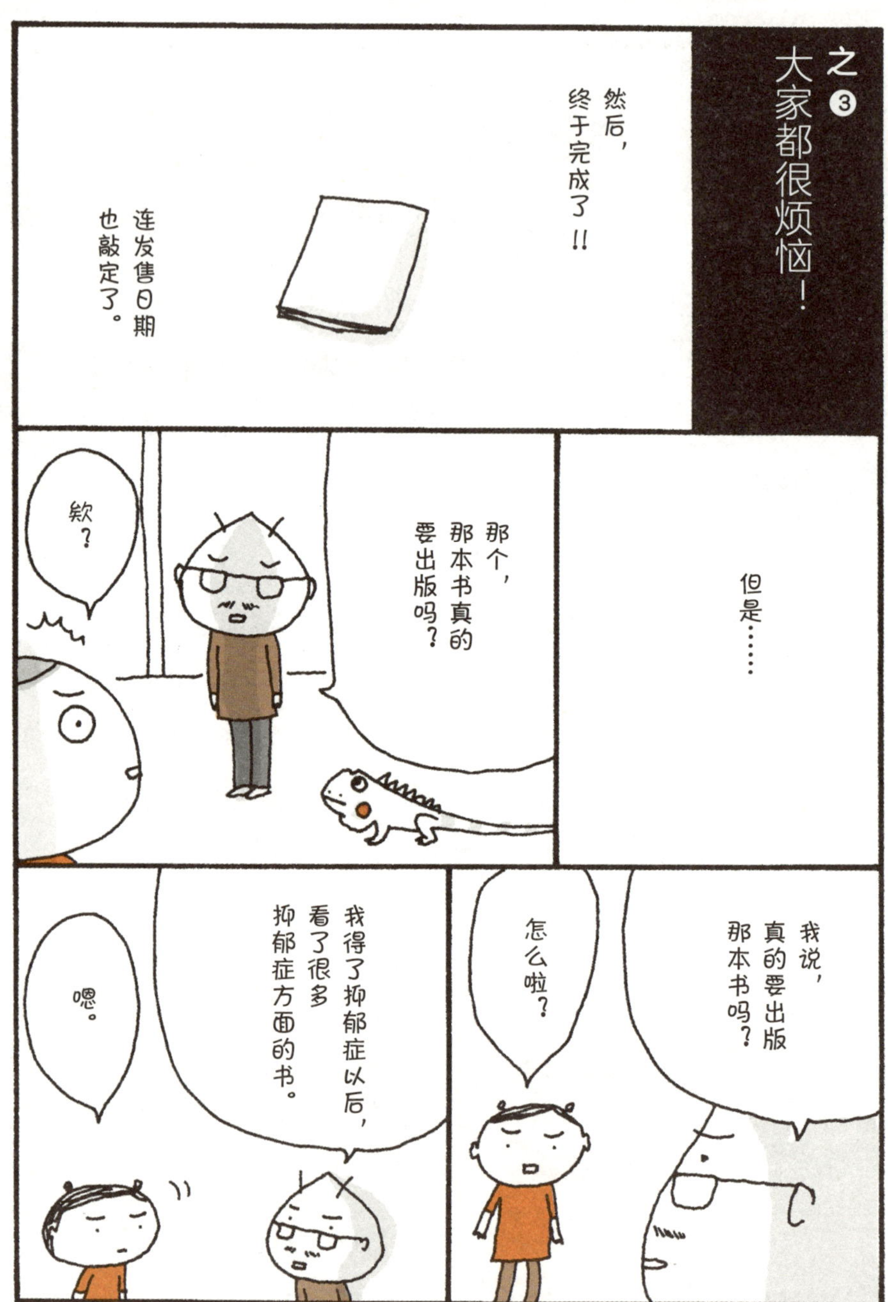

之③
大家都很烦恼！
然后，终于完成了!!
连发售日期也敲定了。
但是……
那个，那本书真的要出版吗？
欸？
我说，真的要出版那本书吗？
怎么啦？
我得了抑郁症以后，看了很多抑郁症方面的书。
嗯。

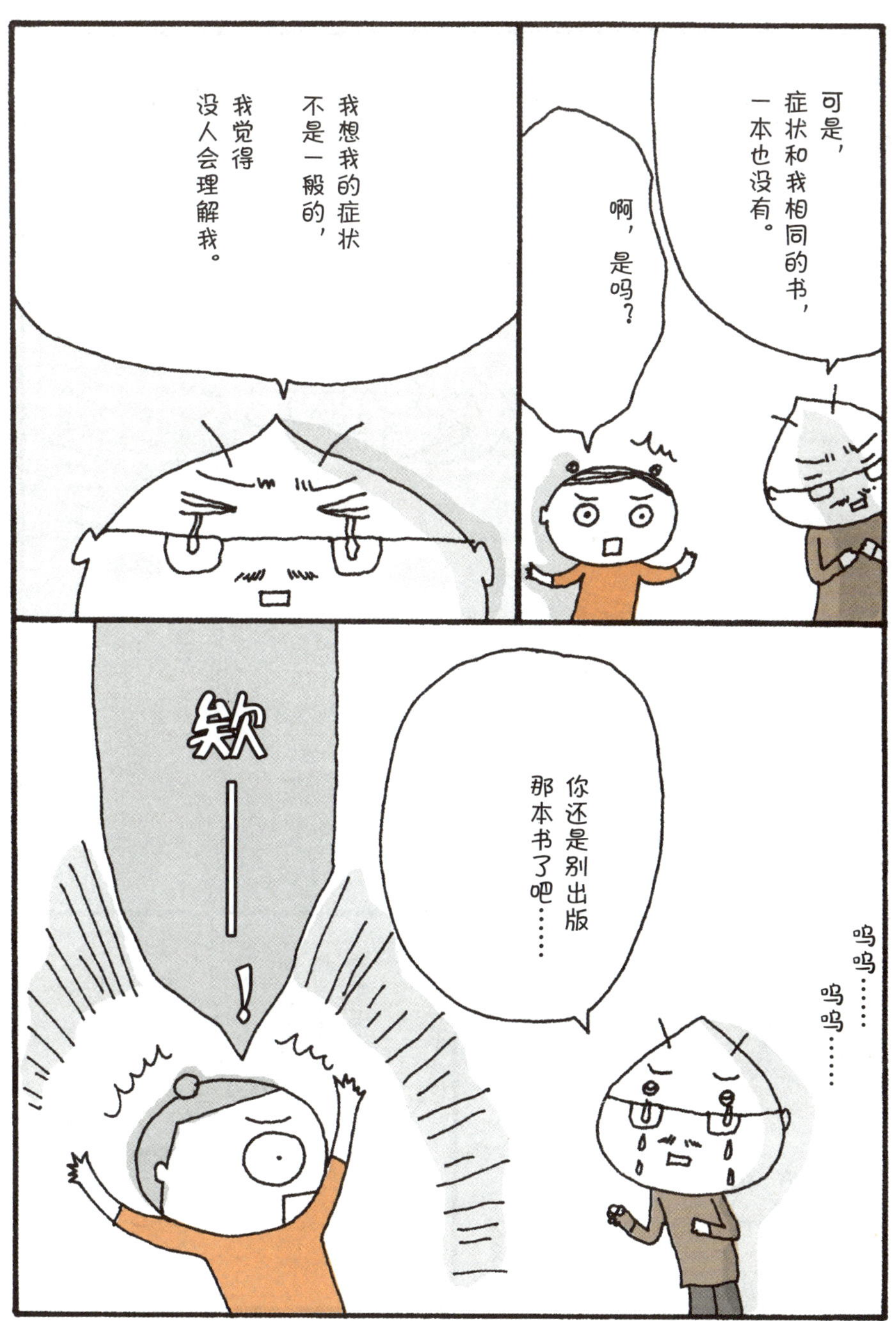
可是，
症状和我相同的书，
一本也没有。
啊，是吗？
我想我的症状
不是一般的，
我觉得
没人会理解我。
欸——！
你还是别出版
那本书了吧……
呜呜……
呜呜……

可……可是
不出版这本书的话，
我们就没办法
生活了呀！
而且，
两周后就要
开始发售了呀。
到现在才说，
没办法了啦……
呜呜呜……
然后，
书出版了。
文夫得了
抑郁症
可是……
所有的书店
都没摆放
这本书……
抑郁症的书
果然是
没什么人看呀。

可是，
周围读过这本书的人，
似乎总算明白了
抑郁症是怎么回事，
我觉得就算只有这点收获，
出版这本书也是有价值的。
原来抑郁症
是这样得上的，
我都不知道。
很难受啊。
你们已经
很努力了。
啊——
啊——
又要找下一份
工作了……
看看
邮件吧。
不要紧。
按
按按
按

?!
战战兢兢
老公，你来一下……
怎么啦？
看，看看！
收到好多读书感想的邮件……
书……那个关于抑郁症的？
为……为什么要写呀？是批评这种症状不对的邮件吗？
嗯——那个——

因为这书写得和
他们的症状完全一样，
得知还有其他这样的人，
他们感到很安心。
这样啊……
嗯，其他
内容相同
的邮件
还有很多哦。
看哪！
是啊。
真的吗？
扑簌簌
还有和我
一样的人啊……
扑簌簌

我曾经一直以为只有自己是古怪的……
嘤嘤
嘤嘤
嘤嘤
太好啦……
然后……
其实，我家先生也有抑郁症呀。
欸！
周围和抑郁症相关的人也陆陆续续现身了。
对着人怎么也说不出话来。
是……是吗？
我家那位最初是这样子的……
是啊是啊，我家那位也是啊。
一直以来难以说出口的抑郁症话题变得稀松平常了。

怎么说呢，抑郁症的书出版以后，感觉轻松了很多呀。
嗯，觉得原来痛苦的不是只有我一个呀。
接着……
说那本书加印了。
欸?!
貂貂写书，还是第一次吧？能有这样的反响？
像……像做梦一样。
扑通
扑通
扑通
扑通
有人读了抑郁症这本书后非常有同感，这真的令我们很吃惊。以及，谢谢了。

病情好转之后

病治好以后，我变回了从前那个积极地微笑着度过每一天的人，性格也恢复了原来的样子。但是，我不太爱挖苦讽刺人了，做事也不要求一定完美了，有了站在各种各样的人的立场上从容思考的想象力。虽然做事会比较啰嗦，效率也没那么高了，但和生病的时候相比，觉得自己对更多的人有用了，我很开心。只是，还是留下了一个在状态不好或感情动摇的时候“以睡逃避”的毛病。“为什么在遇到麻烦的时候就会睡觉呢？”想着想着就睡着了。

Part 6

得了抑郁症之后才懂得的事

之❶ 不可以辞职吗？

看了这本书，
我的感想很多。
一般来讲，
明明是不能对抑郁症患者说
让他们辞职的，
可你为什么会说让我辞职呢？
欸?!
是这样的吗？
书上说，
不能改变抑郁症患者所
处的环境。
比如说
搬家或离婚。
辞职好像
也是其中之一。

完全
不知道呀……
我只是觉得，你是因为公司的压力太大而生病的。
所以辞职的话病不就好了吗？
我是这么想才说的呀。
你的想法是不是过于简单了点？
可是事实上，辞职了也没治好吧？
啊，是吗？

其实公司是有停职制度的。
生病的时候可以停职休息。
啊，还有这么光明正大的休息方法呀。
不过，我们公司的话，估计不行。
我辞职以后，公司就立刻关门停业了。所以之前要是停职的话，应该会被劝退的。
那时候，老公你是因为我说让你辞职，你才辞职的？
得抑郁症的时候，我如果毫不隐瞒地跟公司说出来……就会是这种情况。
你是说任何人都会得抑郁症吗？
啊
那这里的人不都得抑郁症了吗？

会被这样说的。
所以，我想我已经不能待在那里了。
我觉得这样的公司已经是强弩之末的状态了。
但是那时我没想到要辞职。
貂貂对我说『辞职吧』，我觉得『真是太好了』。
听了这些话，我松了一口气。
哦——

之② 药费能便宜吗？

有药费减免和医疗费负担的制度，你知道吗？

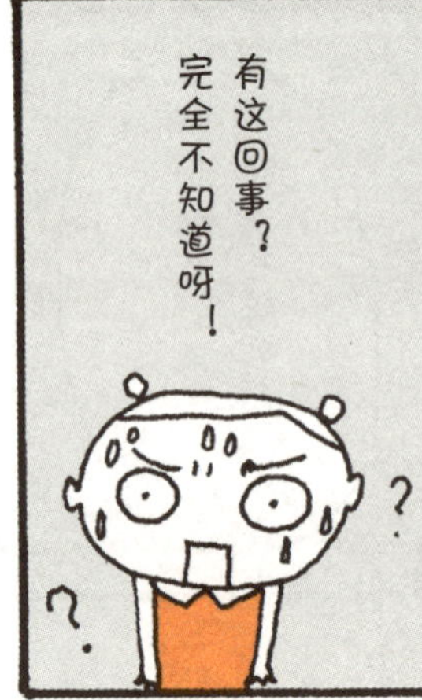

残疾人自立支援法

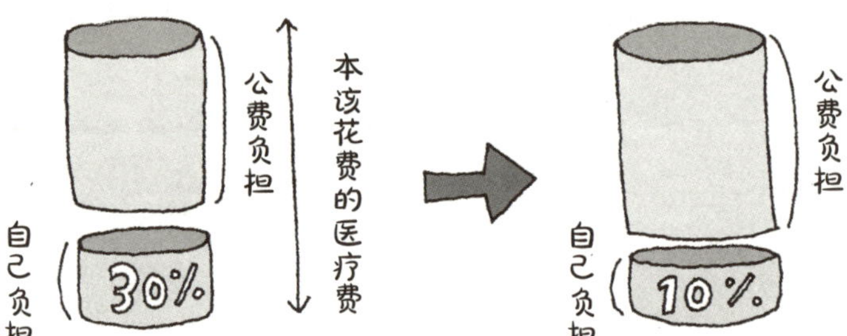

医疗费的支付减少到了三分之一。

也会根据每个家庭的收入水平有所限制。
详情请咨询住所所在的区市町村的精神保健福祉负责人。

其他

- 拿着医生写的诊断书，顾问的费用等也可纳入保险。
- 根据地区的不同，可以去区域内的区市町村保健中心。
- 相关公司和业界也对心理健康有充分的研究，有很多地方可以提供帮助。
- 参加社会保险的话（不管是正式职员、长期临时工，还是派遣工作人员），马上就可以接受停职补偿了。

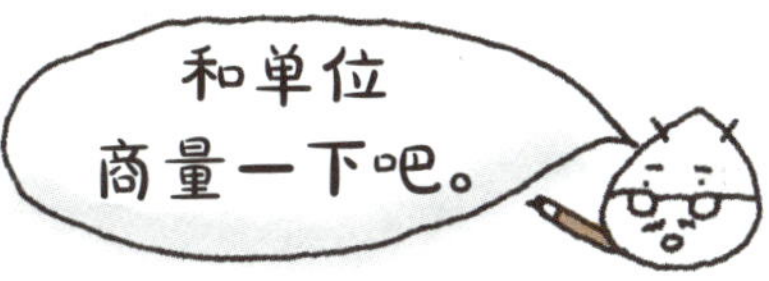

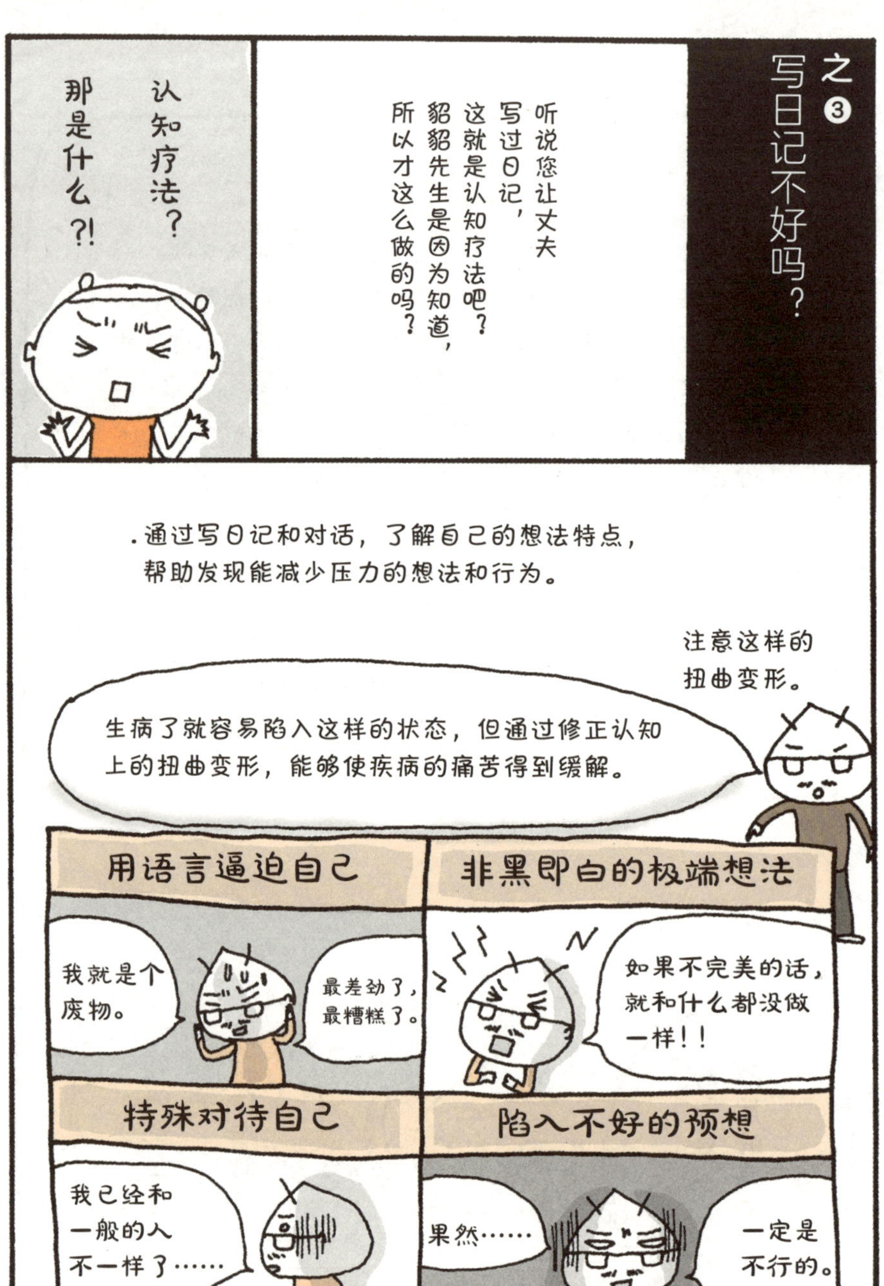

参考：SIGHT 2007年春季刊
大野裕《心情晴朗笔记 抑郁和不安的认知疗法自习簿》（创元社）

之④
结交到了抑郁症病友！
也有因丈夫得了抑郁症而结缘的朋友。
初次见面。
您好。
果然朋友的丈夫J先生也因为抑郁症而停职了。
聊得起劲
聊完天之后，
啊，他和我完全一样呀。
丈夫这样想。
事实上，因为没有和抑郁症患者交流过，所以，
这件事对丈夫来说，是极大的鼓励。
痛苦的不止我一个呀。

为什么“不能辞职”

对我来说，辞职这件事我并不后悔，后来事实也证明了这是最好的办法。而说“不能辞职”的，其实大多是出于抑郁症独特的逃避心理。说“想辞职”就真的实行的人，接着就会说出“想离婚”“想断绝亲子关系”等等，进而会说“想逃离这个地方”，并一一付诸行动，逐步升级，最后到企图自杀。抑郁症患者想辞去的并不是工作，而是现在，是这里，是对自己的存在感到难为情的不适感。

Part 7

得了抑郁症之后放弃的事

做不到的事情不要勉强

我觉得丈夫的病正在不断好转。

可是我心里总有些许不安。

因为抑郁症在即将治愈的时期最危险。

我和以前的朋友约好了要见面。

欸？

我想是要和我商量一下今后的工作吧。

嗯。

可是，突然下起了雨，丈夫的状态一下子就崩溃了，去不成了。

可恶！竟然下雨——

唉——！

明明已经转晴了，
又下起来了。
那个时候，心情会彻底陷入谷底，痛苦万分。
为什么呢？明明觉得已经好了，可为什么还是不行呢！！
呜呜呜……
我厌恶这样的生活，厌恶这样废物的自己。
也许一辈子都会这样吧。
这样的自己还是死了比较好。

我出去一下。
要去哪儿呀？
图书馆。
路上小心。
状态好像一直都不好，不过……
今天好起来了吗？
当——
当——
当——
当——
↑
傍晚5点的钟声
欸，已经这个时间了？
这么说起来，丈夫今天回来得好晚呀。
我回来了。
啊，你回来了呀？！
吓了一跳
去了以前住过的小区。

欸，为什么？你不是去图书馆了吗？
我上了以前住的15层楼的楼顶。
为……为什么？
去事先查看了一下。
我觉得从那里跳下去，会死得很轻松。
哇——
啊——
真是的，以后丈夫出门，我一定要跟着一起去。
别胡闹了！
混蛋——
可是，实际去看了以后，觉得好可怕，我做不到呀。
病愈之前真的很神经质。

患了抑郁症以后，
一直都会做的事情，
欸？
为什么我
不会了呢？
全都不会做了。
什么都不会做的
焦虑心情，
让我觉得
身体不舒服了。

那么……
不会做的事干脆就放弃呢？

那，你就要
一直这样
难受下去吗?!

别说得
那么简单呀！

丈 夫 的 喃 喃 自 语 12

关于“あ”“と”“で”

患抑郁症很辛苦，作为熬过去的秘诀，我设计出了“あ”“と”“で”的口号。

“あ”是“焦らない、焦らせない”（不焦虑，不让自己焦虑）这一目标的打头假名。在抑郁症的治疗中会无端产生焦虑，而焦虑会对治疗产生负面影响。我渐渐注意到了这一点，但还是会焦虑。即使知道不用焦虑，也还是会焦虑。有一次能够不焦虑的话，渐渐地就会减少不必要的焦虑。所以，不管遇到什么困难，都要保持不焦虑的心态。

“と”就是“特別扱いしない”（不要特殊对待）。抑郁症的发病及其前后的心理状态是：为什么自己会经常遭到特殊对待？“我特别能工作，比别人更强”“我不睡觉也没关系”等等这些自以为是的想法，一旦不加节制而导致发病，接下来就会产生“我比别人惨了一倍”“我是世界上最没用的废物”“抑郁症患者是特别的，要快点治愈（或绝对好不了了）”等想法。如果能转换成“我是个能力普通的人”“因为是普通人，勉强自己硬干而得了抑郁症”“就是很一般的抑郁症患者嘛”“平稳度过，治好就好了”之类的心态就好了。患者的伴侣，也最好不要做出“生病的丈夫是特别的”等特殊对待的行为。

然后是“で”，就是指“できること・できないことを見分けよう”（能分辨做得到的事和做不到的事）。能做的事就好好地做（让自己做），做不到的事就不要勉强硬干（不让自己做）。要对这种能力做判断是一件很奇怪的事，但又是抑郁症才有的。和周围的人合作，以符合现状的方式使自己对社会（家人）有用，这是恢复的捷径。

“あ”“と”“で”这三个打头文字又组成了“あとで”（之后）这个短语。“之后”再加上“保留判断的习惯”，就会使人变得轻松。生病的时候，因为知道将来一定会更好，所以日子不要过得那么着急，事情即使推迟一些也不要紧。这不是只针对抑郁症，而是对所有患者都有用的口号。

放弃的事情①
旅行
患了抑郁症，不能乘电车的丈夫
真是够了！我不想坐电车。
在抑郁症最严重的时期，丈夫坐过电车。
挤
他似乎忘不了满员电车带给他的恐惧感。
可既然病情逐渐好转起来了，就要稍微练习一下。
第一次拼命坚持!!
你没事吧？
如果能坚持30分钟左右的话，就可以乘坐了。
还挺轻松的嘛。
嗯。

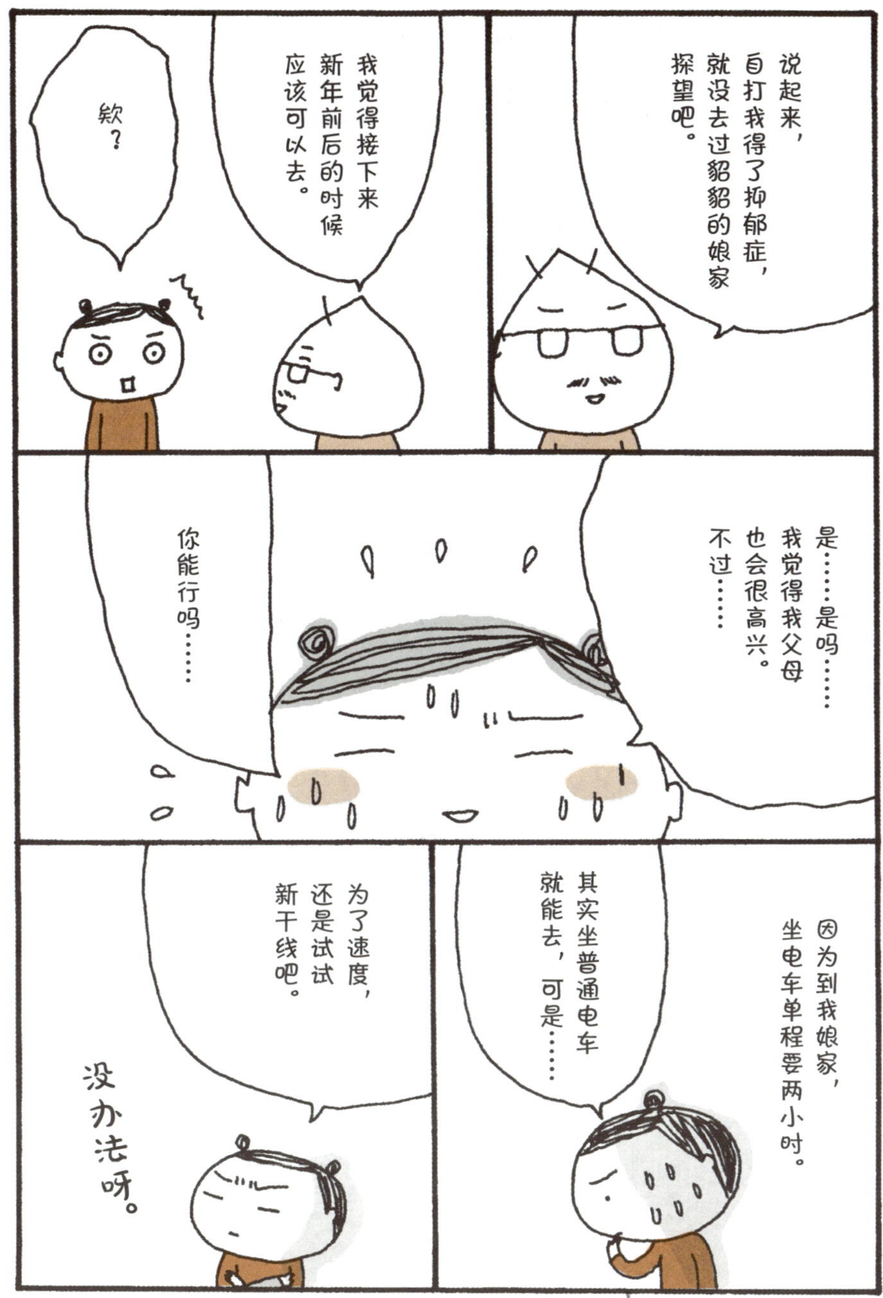

说起来，自打我得了抑郁症，就没去过貂貂的娘家探望吧。
我觉得接下来新年前后的时候应该可以去。
欸？
是……是吗……我觉得我父母也会很高兴。不过……
你能行吗……
因为到我娘家，坐电车单程要两小时。
其实坐普通电车就能去，可是……
为了速度，还是试试新干线吧。
没办法呀。

平常的话，明明单程只要1000日元就够了，
却特意坐上了单程要花5000日元的新干线。
这样回娘家还是第一次呀。
因为坐不习惯，两人都很紧张。
可是……
好……好快呀！
好难受！太可怕了！
坐不了新干线。
淡定，你看，快到站了。
呼扇
呼扇
回去的时候……坐长时间的普通电车，可以吗？

回去的情形就不用说了。
因为人山人海很可怕，所以坐进了绿色车厢。
貂貂，对不起。难得大过年的。
回家后陷入情绪低谷的丈夫。
没关系啦。我父母也说了，让你别勉强。
我知道了，我们还不能出远门。
年初就发现了重要的事情，这不是很好嘛。

暂时不能去旅行
什么的是挺可惜的，
可也没办法呀。
嗯。
不能旅行
没关系呀，
我以前就很讨厌旅行，
一直以来不都是被貂貂
生拉硬拽带去的嘛。
啊?!
确实是那样的。
可怜的
原来是我。
以后我不会勉强
拉着他去了，
他会觉得很开心吧。

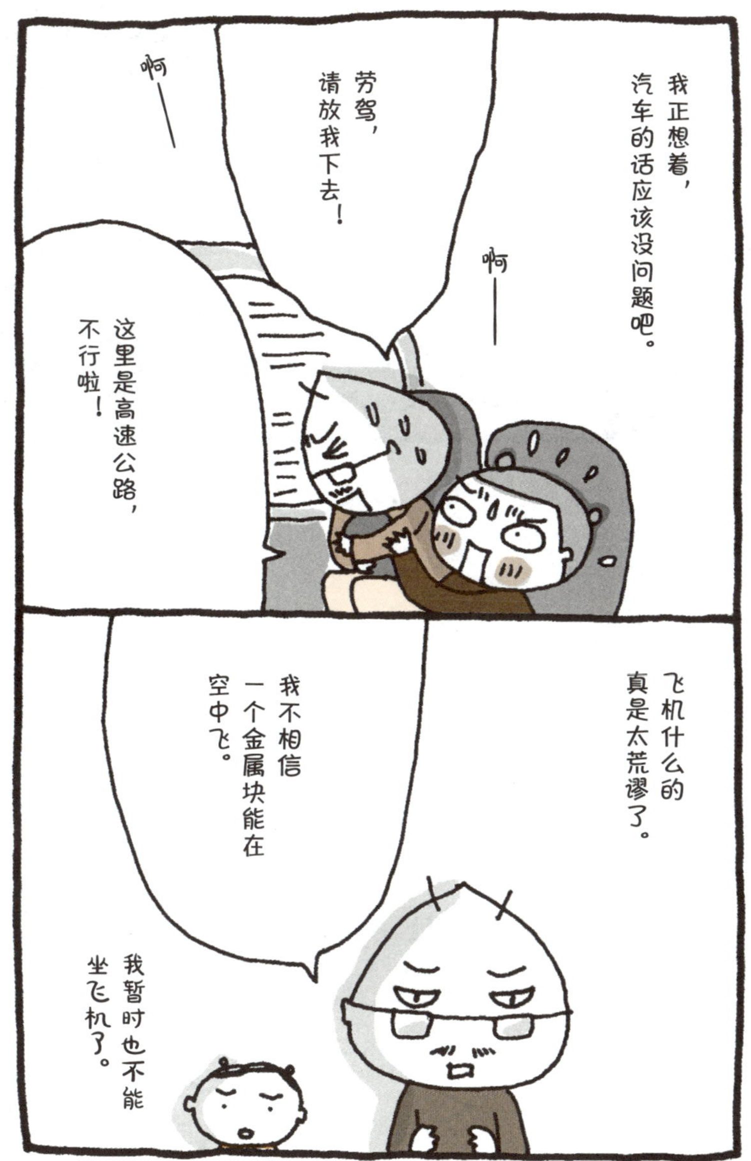
我正想着，汽车的话应该没问题吧。
啊——
劳驾，请放我下去！
啊——
这里是高速公路，不行啦！
飞机什么的真是太荒谬了。
我不相信一个金属块能在空中飞。
我暂时也不能坐飞机了。

放弃的事情②
音乐会·剧场
丈夫在患抑郁症之前，经常去看现场演唱会或音乐会。
下次一起去看乙响①吧。
如果你带我去旅行，我就陪你去。
古典音乐演奏会很无聊，所以我总是提出交换条件。
音乐最好是在现场听。
丈夫明明说过这样的话。
得了抑郁症之后不能去人群聚集的地方，所以演唱会也放弃了。
啊！演奏了肖斯塔科维奇的第十一交响曲。
好想去最喜欢的古典音乐演奏会呀。

①日本交响乐团的爱称。

①幕下和下文的十两都是相扑的等级。

从这个时候开始，丈夫的样子产生了变化。
你没事吧？
然后，在一流选手入场仪式结束的时候……
对不起，回去吧。
啊？
怎么这样啊……
明明好戏刚开场呢……
『好像置身于那个相扑场，被围攻、催促，让我感到很痛苦。』
干什么呢？
不可以输啊！
一定要好好地打啊！
加油——
拼了——
丈夫告诉我说。

不过，貂貂要看到最后哦。
!!
我努把力，自己一个人回去吧。
拜拜！
咦——
谢谢老公!!
多亏了他，我才得以顺利地看完相扑最终的比赛，然后回家。
啊——
啊——
可是，这件事，
我还是不能到人群聚集的空间。
似乎使丈夫重新意识到……
总之，我明白了凡事不能勉强，这也是件大好事呀！

放弃的事情③
作为工作人员工作
丈夫得了抑郁症后，最担心的就是复职的事情。
电脑行业变化快，我肯定已经跟不上了。
我已经61多岁了，不可能再成为正式职员了吧？
嗯——
嗯——
嗯——
就业中心去过了。
职业介绍
自己能做什么呢？
公司的说明会也去过了。
有什么事情是现在的自己能做的呢？
冷不丁在电视上看到打工或员工进修的场面，就会因恐惧而畏缩。
声音太小！
对不起，把电视关了吧。

现在的自己，不会做的事情太多了。
虽然现在一定要找工作，
但因为不能爽快地拒绝自己不会做的事情，
也许又会重复同样的情况。
欸，又剃头了吗？
嗯。剃了光头就不能去就业中心了吧。
这样的发型可不能参加就职活动。

所以，剃了光头一下子就轻松了。
喂喂，不也没人逼你去找工作吗？
啊！
现在我的收入怎么也够我们生活的了。
可是……
这样找工作会使心情焦虑吧？
我觉得会对你的治疗有相反效果。

由谁来支撑家计，应该根据当时的情况而变化。
现在觉得厌烦的事就不要勉强自己去做。
如果在这期间你想到了有什么可以做的，再做怎么样？
明白了。
第二天，丈夫停止了找工作，快乐地做起了家庭主夫。
太好了。
嗞嗞——

没人觉得自己是幸运的

妻子把我与病魔斗争的事情写成《丈夫得了抑郁症》出版之后，有很多人都在说“丈夫有貂貂这个妻子实乃幸事”。客观来讲，我认为这是真的。但是，抑郁症的痛苦之处就在于，身处病中的时候，我没有意识到自己是幸运的，而是认定了自己是孤立无援的，是这世上最不幸的。想起自己没有工作，没有孩子，没有亲朋好友、熟人故旧的交往，就会独自嘤嘤地哭泣。其实，不管什么人，都一定是幸运的。也请做丈夫的试着想想吧。

Part 8

这种时候，怎么办？

按我家的作风，这个时候就该这么办①

不知为什么会有这样的心情，
总是会说同样的话。

错误模式

（我们也会不知不觉地这样做）

对他说让他要更努力。

鼓励等于让他焦虑，
所以这是不行的。

认为他是故意这么说的
而感到恼火。

因为他并不是故意的，
所以不要感情用事。

制造共鸣。

自己也会越来越消沉，
有可能变成同样的抑郁状态。

说服他，
“你真的很幸运”。

讲大道理没有用。

那么，来说说

我家的情况是怎样的吧……

你有这种心情，是生病让你这么想的呀。

最近好好地吃药了吗？心情怎么样？

啊！

让他清楚地认识到，他之所以这么说，是因为生病的缘故。

虽然觉得这是一种麻烦的“病”，
但可以从“麻烦的自己”这个想法中
解脱出来了。

如果恢复了的话，就……

这时候的注意点

* 出门的时候尽量一起行动。
（嫌麻烦也不要甩开他。）

* 如果他说了不喜欢，就不要勉强。
（做不到的事情不要勉强他做。）

我的心绪起伏真是看天，
连自己都掌握不了节奏，很辛苦啊！

按我家的作风，这个时候就该这么办②

抑郁症患者没有想要治好的热情，他们会为自己没有干劲而焦虑。

病都是从心上来的吧？

就是因为你根本没想治好，所以才一直治不好的，不是吗？

啊

被伴侣说“没干劲”，患者自己也会想“是这样呀”，从而越来越消沉。

我家的情况

一说要拿出干劲来，丈夫的心情就会更加恶劣。
因为是这种病，如果他看起来“感觉没干劲”，
就想象他是“正在充电”好了。

所谓的懒人之道是指……

4级 → 懒洋洋地看电视
3级 → 会睡午觉了
2级 → 没有工作也不会闷闷不乐
1级 → 就算有陌生人在也不在乎
初级 → 什么事都让别人帮忙做

常常不知不觉地做出危险的举动

早上早早起床，健康地生活。
说是多吃肉有好处。
这本书上写着呢。
囫囵吞枣地接受书的内容。
书上虽然有有用的知识，但也要仔细考虑每一种情况。

粗心大意地碰触对方或做他讨厌的事。
我给你擦对抑郁症有疗效的油吧。
啊！

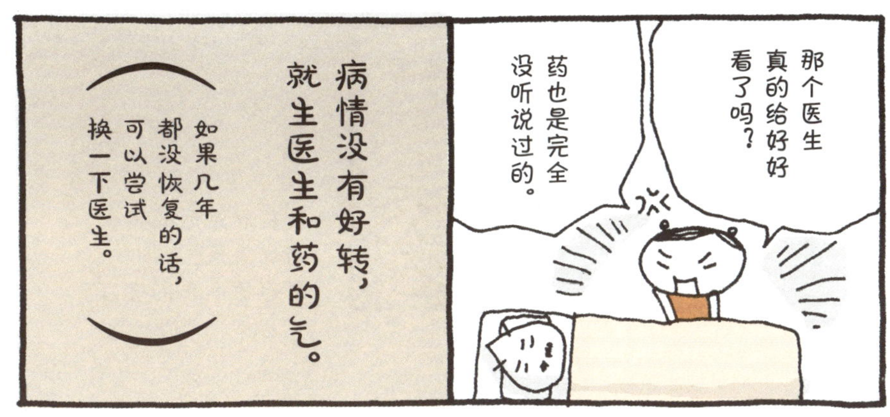
那个医生真的给好好看了吗？
药也是完全没听说过的。
病情没有好转，就生医生和药的气。
如果几年都没恢复的话，可以尝试换一下医生。

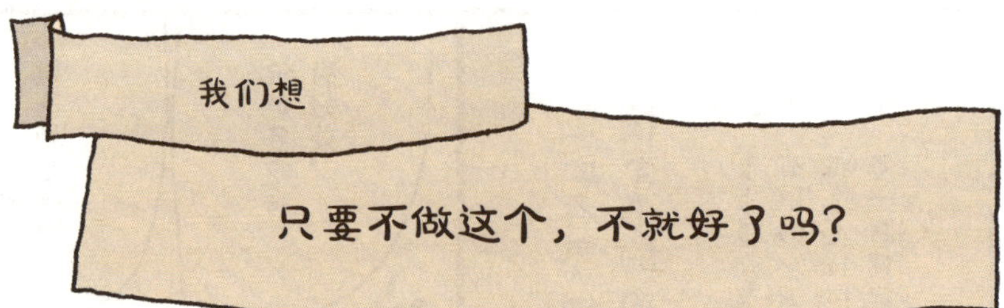

1

（患者和伴侣都）
简单地依赖酒精、咖啡因和药物。

2

察觉不到对方的变化，
又不能接受改变自己。

3

反复忍耐后爆发，
结束关系，
发布活下去的宣言。

我觉得
不只是抑郁症，
不管什么病，
逃避的话，
都治不好。

橡子与山猫

宫泽贤治有一部名为《橡子与山猫》的童话。这个童话传递的每一句语言乃至于高潮的进展方式都很出色，所以只介绍梗概是传达不出它的妙处的。山猫法官面对争夺“自己最优秀”的橡子们说：“好啦。安静。我要宣布结果了。你们当中最不伟大、最笨、最丑、最不成样子、头脑最没用的才是最伟大的。”宣告完毕，“橡子们寂静无声，一个个呆头呆脑地僵立在原地”。这是个诙谐幽默的结尾，但患抑郁症的时候，读到这里就会觉得，被批得如此一无是处、不成样子、又丑又笨的，贤治老师，这说的是你吧。并且会觉得，正在读童话的自己，就是那种头脑最没用的家伙。所以，也许自己才是“最伟大”的吧。

即便被这么说不是什么好事，但总觉得很高兴。在宫泽贤治的作品中，还有一部叫《猫的事务所》，这也是读了必然会落泪的作品。

Part 9

一步一步向前

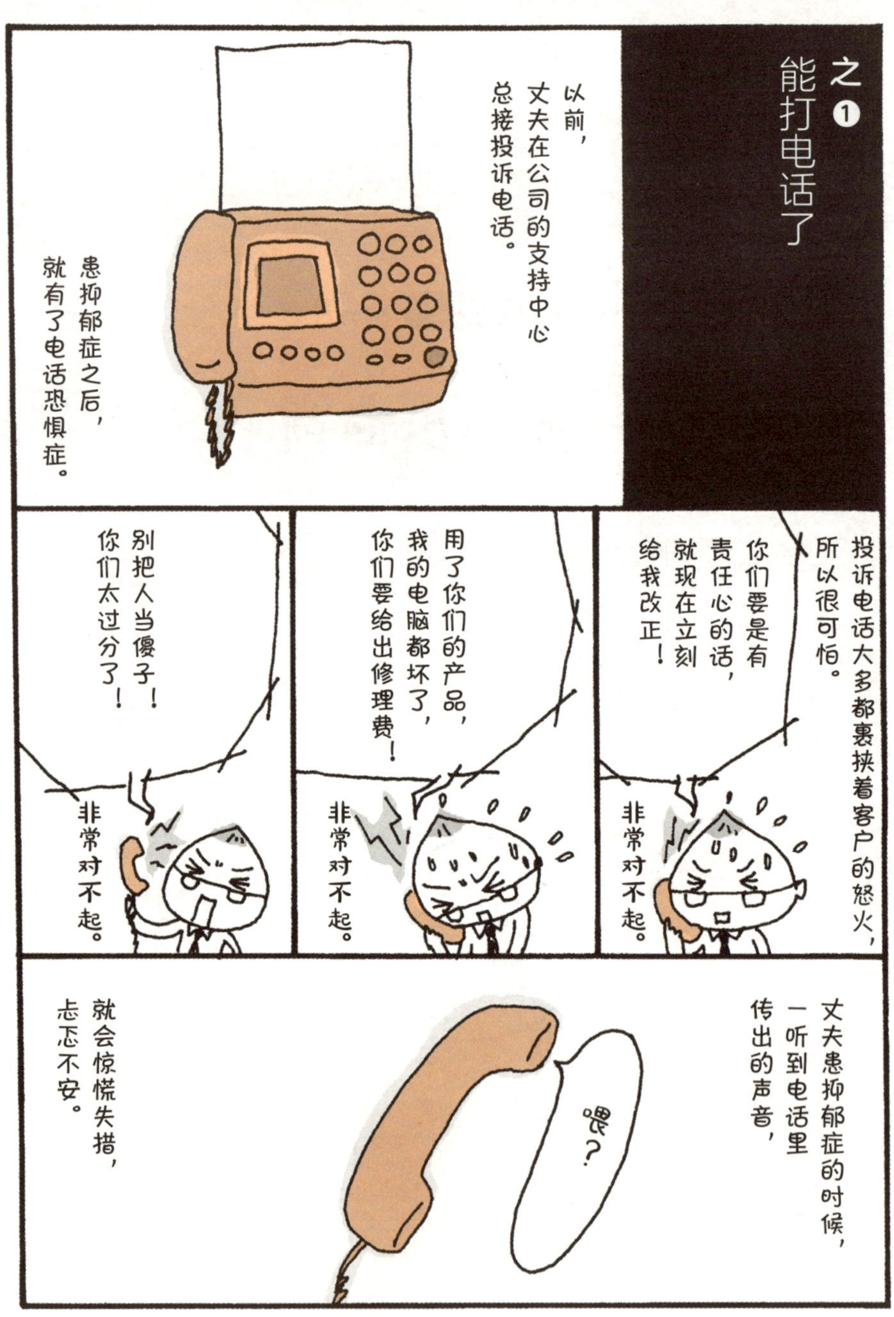

之①
能打电话了
以前，
丈夫在公司的支持中心
总接投诉电话。
患抑郁症之后，
就有了电话恐惧症。
投诉电话大多都裹挟着客户的怒火，
所以很可怕。
你们要是有
责任心的话，
就现在立刻
给我改正！
非常对不起。
用了你们的产品，
我的电脑都坏了，
你们要给出修理费！
非常对不起。
别把人当傻子！
你们太过分了！
非常对不起。
丈夫患抑郁症的时候，
一听到电话里
传出的声音，
喂？
就会惊慌失措，
忐忑不安。

来电铃声是柴可夫斯基的《花的华尔兹》。
所以，丈夫绝对不接电话。
扑通
扑通
扑通
老公，有电话。
对不起，我接不了。
就连给他自己打来的电话都不敢接。
某一天……
啊，是快递的无人签收通知。
因为是认识的快递人员，所以丈夫鼓起勇气打了电话。
扑通
扑通
扑通
那个，我接到了家里没人的通知。
哎呀，我现在已经离得远了，不好意思。
过两小时左右，我抽空给您送过去，您稍等会儿哟。

好。
我回来啦。
啊，貂貂，貂貂！
我得抑郁症之后，第一次打了电话哦!!
欸！
你明明完全打不了电话的，怎么回事？
这个，我自己也觉得挺不可思议。

我总觉得，
如果是这个人的话，
我给他打电话
就没问题。
这么说，
就是你能打电话
了吧。
他很高兴地
接了我的电话，
我也很开心。
从那天开始，
丈夫就能正常地接打电话了。
喂？
阳光开朗的快递员先生，
谢谢您！！

之②
药量减少了
一开始的时候，经常会搞错药量或忘记吃药。
药，给我了啊。
怎么也不见效，为药操碎了心。
丈夫曾一度随便减药。
我已经好了，这个没用了。
呸！
我起不来了。
特别特别难受。
遵照医生的指示，一丝不苟地吃药。
有时候……
好好吃药了吗？
啊，我忘了。
你这样不行呀，要好好吃药啊！
好不容易好起来了，再不舒服可怎么办？

可是，
我今天的状态挺好的，
感觉一直没问题，
忘了吃药也没发现。
欸，
是吗？
可我还是
吃了吧。
还是担心
好了，
我要去
买东西了。
以前是拼命抓住
药不放的感觉。
现在这忘了也没事，
是不是好起来了呀？
接下来去医院的时候……
医生说
药量可以减了。
欸，
真的吗？

最初是早、中、晚。
变成了早、晚。
变成了两天一次。
然后2006年的12月……
医生还是给开了药，但他说不吃也行。
哇！
不吃药也行的意思是……
是已经……治好了的意思吗？
扑通
扑通
扑通
不是，不是那个意思啦。
呃……

抑郁症是复发率很高的病。
不用吃药了，也不能掉以轻心呀。
什么呀！
颓丧
不过，丈夫停药，我认为是个极大的进步!!
啊，太好了！
很开心!!
好了，做早饭吧。

因为一直看不见，
所以放心了。

懒病的疑惑

抑郁症这病的不可思议之处就在于，有人怀疑自己“可能不是抑郁症，而是懒病”。因为情绪有起伏，所以在状态稍微好些的日子就会开始认为：“昨天的自己其实只是犯懒了吧？”有这样的想法，大概就是抑郁症。可如果不是抑郁症，真的是犯懒呢？（再想一下）不是觉得“轻松一下挺开心”，而是认为：“那样懒惰的自己就是人类中的渣滓。”可其实懒惰也并不完全是一件坏事。

我一直在考虑这种事：“抑郁症不会真的就像我这样轻松吧？我不会只是犯懒了吧？”直到已经治愈的现在也还会想这些问题。但是，看到痛苦时期的照片，脸上露出的可怕表情，就会想：“啊啊，果然，这是病啊。”

之③
在演讲会上站在人前
丈夫的状态总算好起来了。
蔬菜很便宜哟。
即使医生说了不吃药也没问题……
药放进抽屉里就忘记了。
抑郁症是复发率很高的病。
听了这种话之后，
绝不能放松警惕！
我总是这样告诉自己。

即便丈夫的状态又不好了，
我也不可以泄气哦。
这个病不是那么
简单能治好的。
丈夫的情况不可信。
就在这个时候，
演讲会的工作来了。
演讲，
就是要在人前
讲话对吧？
绝对不行！！
是啊，
不是挺好
的吗？
欸……
如果我们的经验
能帮到其他人，
从容的样子
那就在演讲会
上谈谈，
不是挺好吗？

那那那那
怎么可能……
接下来试试吧。
听到丈夫这么说，我接下了工作。
欸？欸？欸？
可是，我……
没问题吧？当天心情状态不好去不了可不行呀！
我曾感到不安。
演讲会的前几天
摘要做好了，你看看怎么样？
哦！
摘要是17页的长篇巨作。
丈夫得了抑郁症

这个，全部是老公你一个人写的？
哗啦
哗啦
是呀。
我觉得太厉害了，可是……
太劳累了，当天别累垮了就好……
不安
演讲会当天，天空像要下雨似的阴云密布。
哎呀！糟了！
阴沉沉
这完全是要让丈夫卧床不起的天气呀！
怎么办!!
终于等到今天了！
几乎都是我在讲，貂貂偶尔帮个腔就行啦。
……嗯。
最重要的是，你身体感觉怎么样？我最担心的是这个呀。

带着不安的心情到达了会场。
请多关照！
哇！
好多人呀！
我一站在人前就僵住了!!
哇——大家都在看我呢!!别看啦——
感……感觉好遥远……
晕晕
乎乎
怎么办呀？
那么，因为时间关系，我想现在就开始吧。
啊！
首先做个自我介绍，
我是细川貂貂的丈夫……

真的假的啊？
吧啦吧啦，侃侃而谈呀!!
不会吧——
颠倒着介绍情况，竟然博得了大家的笑声。
开个玩笑。
哈哈哈哈
丈夫巧妙地卡着时间讲完了，而且顺利地回答了问题。
一个半小时的演讲，完全是他一个人完成的!!
太厉害了……
这个时候，第一次，
老公已经没问题了。
一直竖在丈夫头上的
顺利完成了，太好了！
天线不见了。

第二天，我累倒了，卧床不起。

吃得下饭吗？

丈夫却没事。

做了关于抑郁症的演讲

在关于抑郁症的演讲中，我很紧张地讲了各种经历经验，听众们认真的眼神反而给了我力量。我想，即使是听像我这样微不足道的人的经验之谈，他们或许也会受到些帮助，所以接下了这个演讲，但演讲结束后才发觉，获得鼓励和力量更多的是我们。让我差点就哭了的是“提问时间”。“虽然不是特别的问题，但是我想说这本书是为我写的，谢谢！”有人手里拿着《丈夫得了抑郁症》这本书对我们说。还有在那之后响起的掌声，让我大吃了一惊！顺便说一下，有紧张毛病的妻子，在很多人面前几乎说不出话来。

之④
成立公司
丈夫得了抑郁症后，
元气满满
从『超级上班族』
变身为『高级家庭主夫』。
每天做家务。
自己一有时间，
就读从图书馆借来的书。
又在看书。
貂貂，打扰一下
可以吗？
什么事？
那个——
嗯？
我想了一下……
嗯。

我在想成立个公司吧。
啊？
你说公司……
什么公司？
细川貂貂漫画事务管理公司。
漫画制作之类的东西。
欸？

我一直在从图书馆借有关公司方面的书来看。
然后呢，就知道了，根据公司法的规定，花一日元就可以开办公司了。
啊？
我不太清楚。
所以呢，像我们这样的也可以成立公司了呀。
幸运的是，我有貂貂这样的伙伴。
我想自己做公司。
我们可以做吧？

虽然我不太明白……
如果你想到想做的事情了，那就试试？
太好了！就这么定了！
第二天，丈夫就开始开足马力学习成立公司的事务。
在书上
在网上
没问题吧？
兴奋 兴奋
不会累倒吧？
正在学习公司事务的丈夫，
看起来乐在其中，是好事吧。
如何创建一家公司
身上闪着耀眼的光辉。

找到了股东。
寻找咨询税务师。
办理各种手续的文件备齐了。
好啦，之后就剩去法务局申请成立公司了。
太厉害了！
可是，如果申请通不过怎么办？
欸？
基本都是照书上写的那样做的。
没问题的。
坐上电车，花了两小时左右到达法务局所在地。
法务局

到这种地方来，还是第一次呀。
扑通
扑通
扑通
扑通
我也是呀。
啊——不行了，我要去一下洗手间。
我也去。
好了，清爽了，我去申请吧！
加油！
忐忑
没问题吧？没问题吧？
不安
10分钟以后……
办完了。
如果两周后还没有任何通知的话……
公司就成立了!!

就这样，
高级家庭主夫
也成了公司经营者。
老公你好棒呀！
社长
战战兢兢

Part 10

总结

丈夫生病前后
有哪些事情
改变了呢？

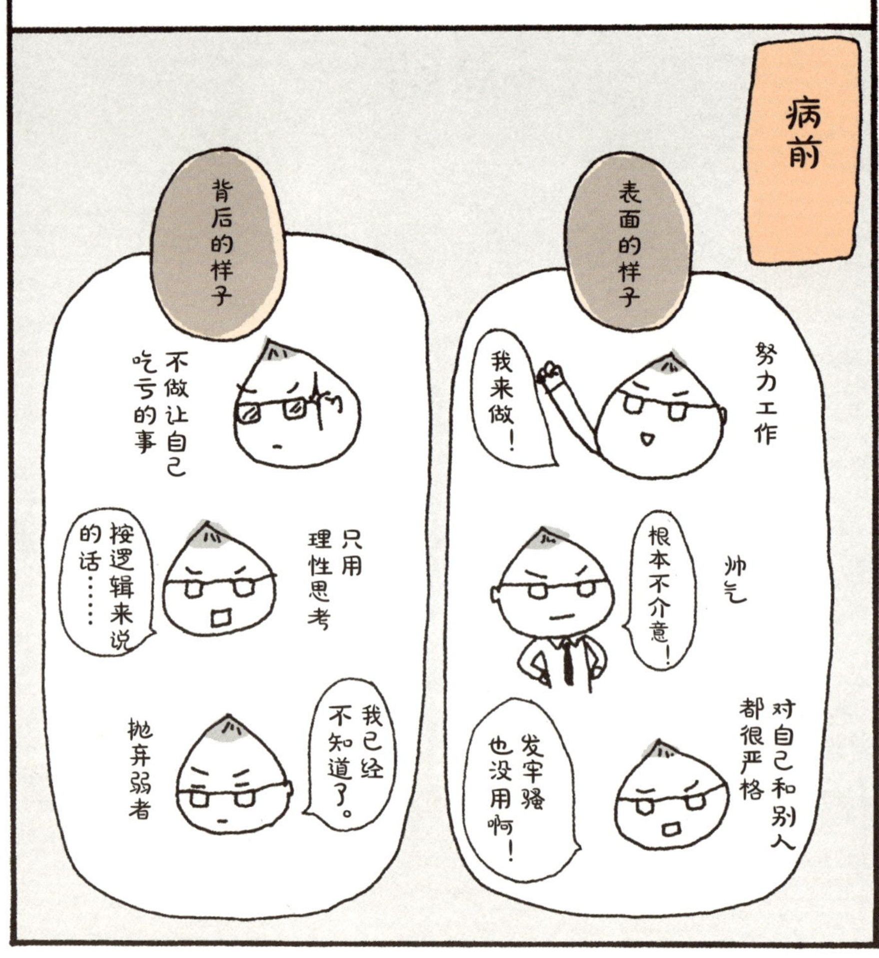

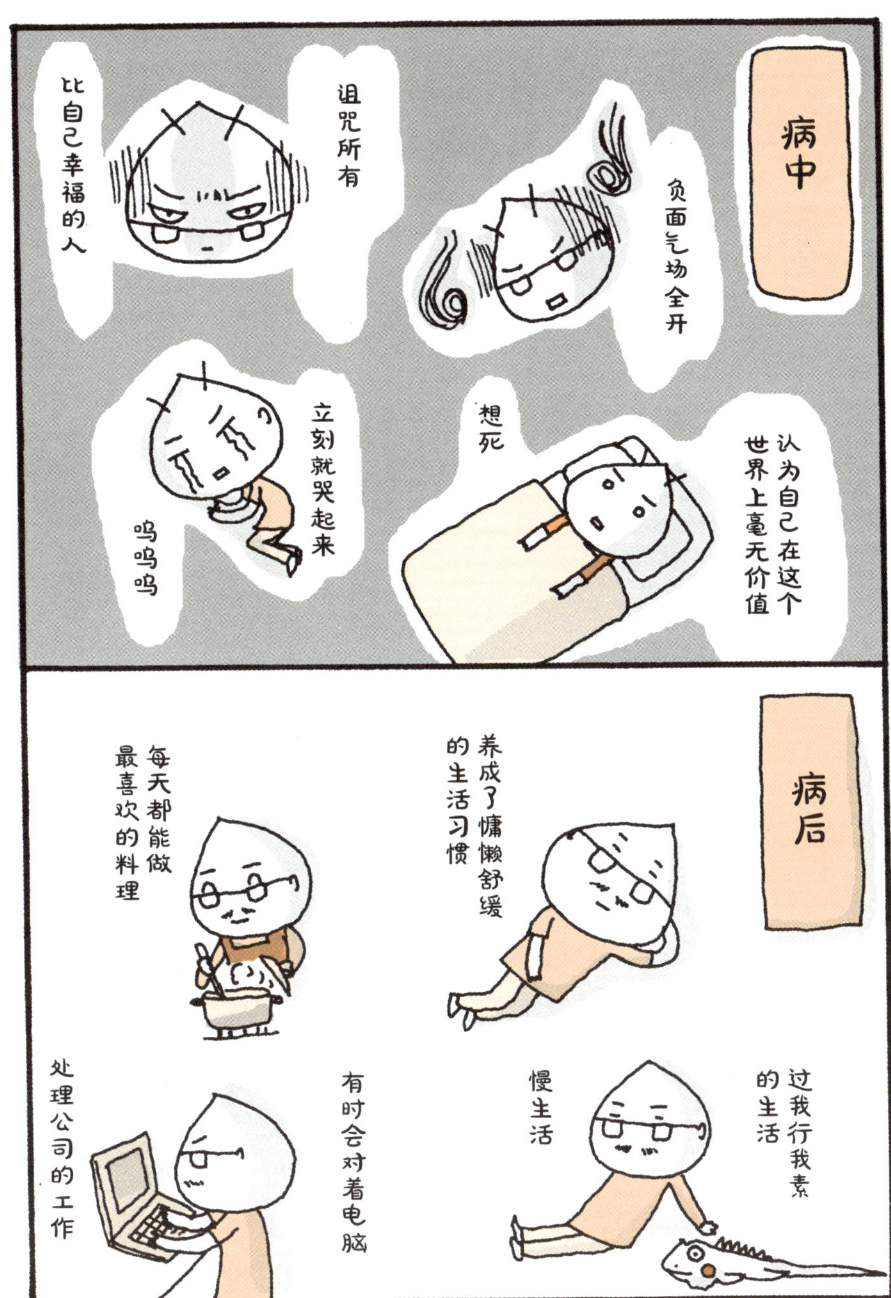
病中
负面气场全开
诅咒所有
比自己幸福的人
认为自己在这个世界上毫无价值
想死
立刻就哭起来
呜呜呜
病后
养成了慵懒舒缓的生活习惯
每天都能做最喜欢的料理
过我行我素的生活
慢生活
有时会对着电脑
处理公司的工作

我觉得丈夫得了抑郁症以后，
性格全变了。

我想，
丈夫是生病以后获得了各种体验，
所以现在才能够更自然轻松
地生活下去。

然后我自己也……

我觉得，

自己得到了成长。

丈 夫 的 喃 喃 自 语 17

自己被认为是必要的

自从得抑郁症辞职那天开始，我就认为回归社会是自己的义务。不舒服的时候，我也去过就业中心。但是，经过接二连三不得不违反预定和约定的情形，我失去了自信。失业保险支付到期了，我也远离了就业中心。即便如此，我有时还是会看招聘部分的内容……

拖拖拉拉地和疾病做斗争是漫长的，我就暂且做家务。心情好的日子里，就做妻子的助理工作和经营管理，总算能赚到够两人过日子的收入。“为了赚钱必须工作”的焦虑感淡薄了，转变成了“在被需要的地方工作就好”的观念。

仔细想想，我在公司工作的时候，比起“赚钱”，“需要自己的工作场所”才是心灵的支柱。随着妻子工作的增加，我的负担也增加了，但那是一种舒适的平衡。为了减轻妻子的负担，我操办了乱七八糟的手续，甚至还成立了公司。作为最喜欢公司的人，现在我把家变成了公司，就住在公司里。心情复杂，又有点喜悦。

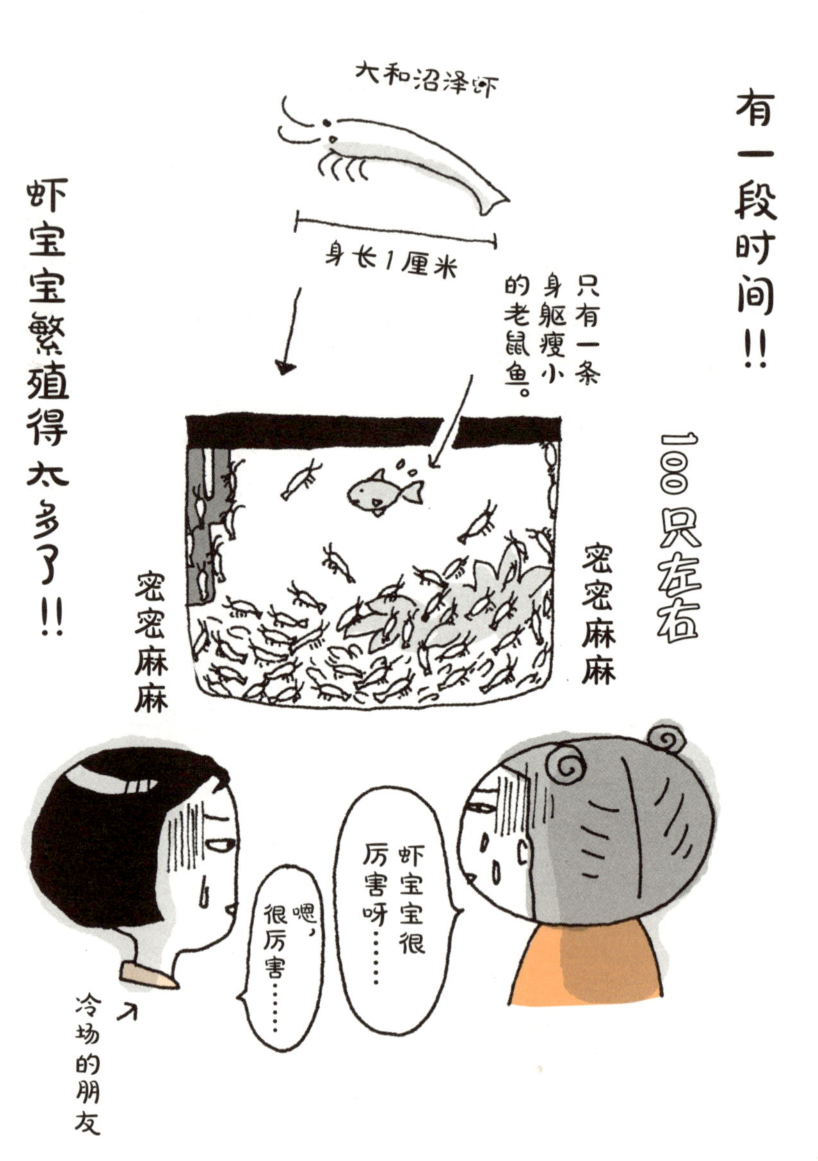
有一段时间!!
大和沼泽虾
身长1厘米
只有一条身躯瘦小的老鼠鱼。
100只左右
虾宝宝繁殖得太多了!!
密密麻麻
密密麻麻
虾宝宝很厉害呀……
嗯,很厉害……
冷场的朋友

附近的神社里建了一个除病的『圆环』，丈夫认真地钻来钻去。

现在，丈夫每天早上都会倒垃圾，掌握了垃圾日的规律。

①鬣蜥的名字。

温馨的番外篇
我家的奇怪家人
貂貂
伊咕
丈夫
我们家有妻子（我）
丈夫（老公）
和儿子伊咕。
是很奇怪的家人吧？
美洲鬣蜥

唰啦
唰啦
唰啦
丈夫开始午睡。
扑通
哎哟喂
舔
舔
这就是我家的日常。
笑容满面
舔
舔
呼
呼

儿子的冒险
儿子向门口的方向爬去。
唰啦
唰啦
往门口爬，它想干什么呀？
它要干吗？我们去看看吧。
舔舔
舔舔
啊！
等等！别舔！脏！
啊
它是爬去门口吃尘絮了吗？
儿子为什么那么喜欢尘土呢？
嗖

孤独鬼
我和丈夫经常在走廊上看报纸。
嗯？伊咕也来看吗？
唰啦
唰啦
啊！
啪嚓
啪嚓
伊咕老捣乱，我们去那边看电视吧。
是——啊。
唰啦
果然是这样。
你很重呀！伊咕！
你是喜欢爸爸妈妈吧？

爱撒娇的孩子
叽——
惊悚的书
突然
舔
哇呀——
扑通 扑通 扑通
舔
扑通 咕咚 扑通
一点声音都没发出来就靠近了。
啊——
吓死我了呀！
虽然它本人只是在撒娇而已……

耍威风的孩子
儿子抬起头，示意：『我很了不起！我很厉害！』
嘭
嘭
看，我很厉害吧！
嗯哼！
手脚并用支撑起来吸入空气，把身体撑大显得威风。
嘭
嘭
嗯，小伊咕好厉害呀！
对吧，对吧，很厉害吧。
一边说，一边挠挠它的下巴，它就会表现出『哎呀』很受用的样子来。

遗憾的事
伊咕好可爱啊。
丈夫说
怎么看都挺吓人的呀，有鳞片。
我想
可是……
这是我家的孩子。
哎呀，好吓人！
哈哈哈，吓人吗？
不好意思。
不是啦，我不小心说了真话……
我是被人说会受伤的母亲。

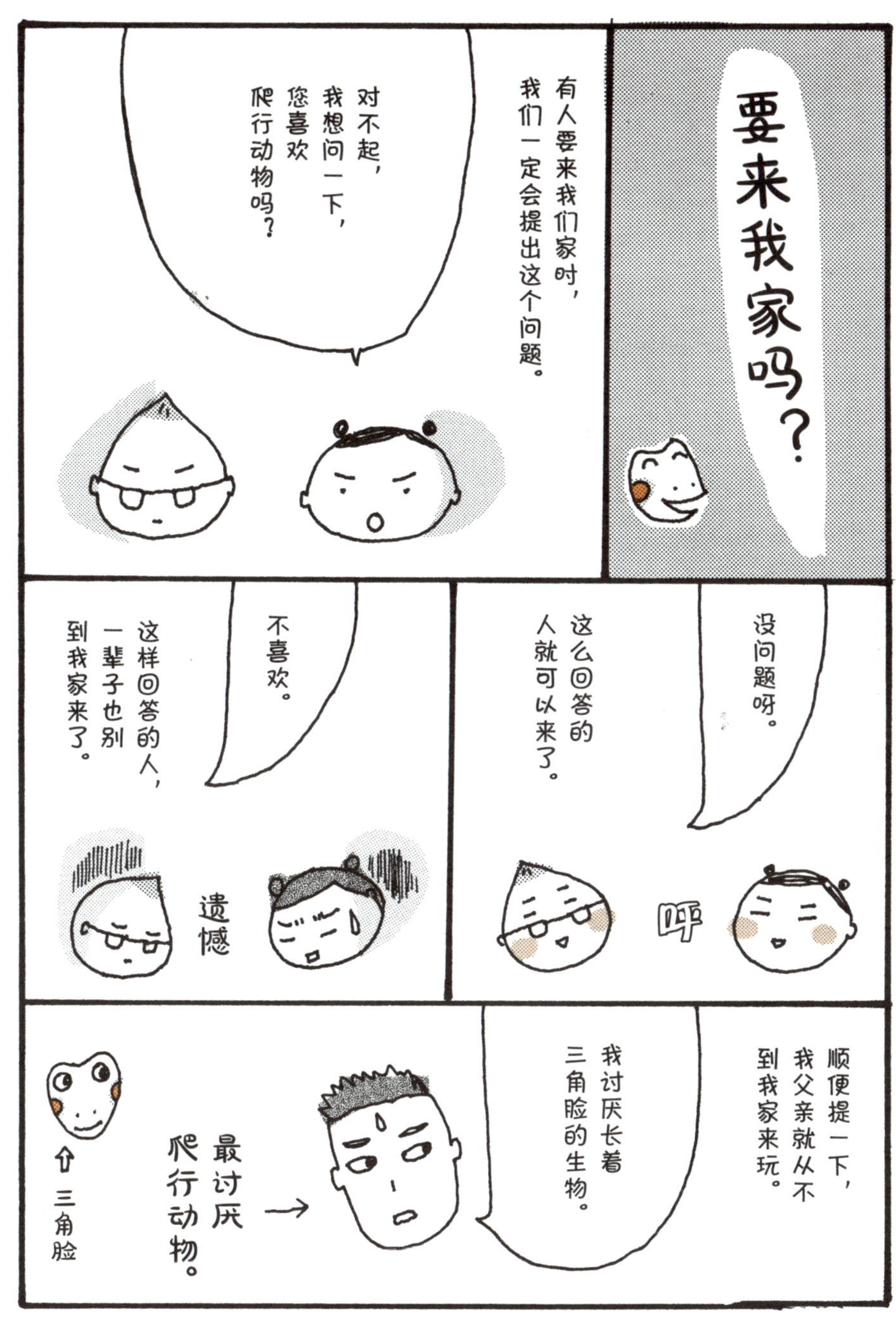
要来我家吗？
有人要来我们家时，我们一定会提出这个问题。
对不起，我想问一下，您喜欢爬行动物吗？
没问题呀。
这么回答的人就可以来了。
呼
不喜欢。
这样回答的人，一辈子也别到我家来了。
遗憾
顺便提一下，我父亲就从不到我家来玩。
我讨厌长着三角脸的生物。
最讨厌爬行动物。
三角脸

结　束　语　　　丈　夫

我得了抑郁症。

我想起了生病时的困惑。辞去工作，开始了和疾病斗争的生活，已经非常非常痛苦了，我想自己不会就这样一直下去了吧。

从旁观者的角度来看，我一定是幸运的，也许还过着轻松的生活。但无论什么时候，脑子里的我都是因为自己的失误而输掉了重要比赛的棒球少年。不管睡了多少天，也还是像比赛的第二天。这真的很困扰我。

不过，过了三年，现在我终于能怀念自己输掉的比赛了。

另外，对于我们的状况，妻子并没有隐瞒，把我的病情对周围的人都说了。这是人的生存状态的一种形式，让我得以展示自己挺起胸膛生活的态度。从结果来看，这件事对我来说是非常值得庆幸的。当然，我内疚地认为可能是由于自己的过失而得病的，因而对生病的事羞于启齿。这本书里也写到了在创作《丈夫得了抑郁症》时，我婆婆妈妈的态度……

即便如此，妻子还是不断地对我说："生病不是什么见不得人的事。”

是啊，不管什么人，都会生病。很多人在后半生一直与重病相伴，直到死亡都在和疾病抗争。

所以，把病痛化作语言分享给他人，并不是一件羞耻的事。而且，我知道，不管在什么时候，人都会夸耀自己的“生存方式”。“我为自己感到骄傲”，化作文字写下来，就像翻译的文章一样，有那么一点不协调感。有人因为笨拙而背负着不利的条件，他们会当众跌倒或屡屡失败，可即使被说成“笨蛋、糊涂虫、废物点心”，如果能从这样的人嘴里说出“我以自己为荣”，大家也不会认为他们“太过糟糕”。

低落的时候，很难让自己感到自豪，抑郁症这种使人闷闷不乐的疾病更是如此。不过即便这样，我也希望无论病人还是周围的人都以此为荣。因为想存在于这样的世界之中，所以我为生病的自己感到自豪。

正在与疾病做斗争的各位，请以这种疾病为荣吧。

衷心感谢大家。

结束语　　　貂貂

《丈夫得了抑郁症》出版之后，许多人都对我说希望出续篇。可是，我怎么都不想写了。出了第2弹的话，就会出第3弹，感觉丈夫的病就永远好不了了。

在《鬣蜥的新娘》这本书里，我写了丈夫患上抑郁症的经过和之后的情况，以后就不打算再写抑郁症的内容了。

不过，丈夫终于停药了，看到丈夫回归社会的样子，我就想:“啊，抑郁症完全被治愈了。所以，这件事我必须写。”

当然，丈夫并没有回到从前的样子。不过，因为经历过抑郁症而改变了生活方式的丈夫看起来很开心。

曾经的痛苦随着时间的流逝而淡化了。

现在看着悠闲地按照自己的步调积极生活的丈夫，我觉得我能和这个人结婚真是太好了。

虽说如此，即便是现在，丈夫有时候也会说出“我觉得好像抑郁了”这种吓我一跳的话。每当这个时候，我就对他也对自己说："只是累了，休息一下就没问题了。" 无论是谁都会忧郁或沮丧，这是很平常的事情。我想，只要得过一次抑郁症，复发率就会很高……这样的现实，就会一直一直萦绕在头脑中的某个角落里。

我只希望丈夫能做到"累了就休息""不要勉强硬干"就够了。我自己在累之前就会选择休息了，过的是和勉强硬干无缘的生活。

最后，我真的非常非常感谢为《丈夫得了抑郁症》提供出版机会的管野裕美老师，感谢后续接替的山田京子老师，谢谢幻冬舍的各位。然后，还要特别感谢制作了有强烈效果的封面的设计师守先正老师。

另外，还要感谢在丈夫患抑郁症期间在我周围给予我支持的各位，以及读了《丈夫得了抑郁症》后给我写信的各位，谢谢大家。

感谢买了这本书的读者们，真的非常感谢！

ツレがうつになりまして。
その後のツレがうつになりまして。
（細川貂々著）
TSURE GA UTSU NI NARIMASHITE。
SONO GO NO TSURE GA UTSU NI NARIMASHITE。

Original Japanese edition published by Gentosha，Inc.，Tokyo，Japan
Simplified Chinese edition is published by arrangement with Gentosha，Inc.
through Discover 21 Inc.，Tokyo.

著作权合同登记号：图字 18-2019-046

图书在版编目（CIP）数据

我也不想这样 /（日）细川貂貂著；马丽译 . — 长沙：湖南文艺出版社，2019.8
ISBN 978-7-5404-9330-1

Ⅰ . ①我… Ⅱ . ①细… ②马… Ⅲ . ①故事—作品集—日本—现代 Ⅳ . ① I313.45

中国版本图书馆 CIP 数据核字（2019）第 140647 号

上架建议：绘本

WO YE BUXIANG ZHEYANG
我也不想这样

作　　者：［日］细川貂貂
译　　者：马　丽
出 版 人：曾赛丰
责任编辑：薛　健　刘诗哲
监　　制：蔡明菲　邢越超
策划编辑：闫　雪
特约编辑：汪　璐
版权支持：金　哲
营销支持：周　茜　傅婷婷　文刀刀
版式设计：梁秋晨
封面设计：末末美书
出　　版：湖南文艺出版社
（长沙市雨花区东二环一段 508 号　邮编：410014）
网　　址：www.hnwy.net
印　　刷：三河市中晟雅豪印务有限公司
经　　销：新华书店
开　　本：880mm × 1270mm　1/32
字　　数：128 千字
印　　张：7.5
版　　次：2019 年 8 月第 1 版
印　　次：2019 年 8 月第 1 次印刷
书　　号：ISBN 978-7-5404-9330-1
定　　价：42.00 元

若有质量问题，请致电质量监督电话：010-59096394
团购电话：010-59320018